朝密室射擊

東川篤哉
Higashigawa Tokuya

目次

第一章　刑警們的序章

各位讀者應該記得，關東某縣有一座似乎存在又似乎不存在，也可能是曾經存在的烏賊川市。警方與部分市民歷經三天奔波得知意外結局的那件密室命案，各位也不可能忘記。

既然這樣，在那場案件大顯身手的刑警雙人組，就無須在此贅述，事不宜遲，立刻述說這部關於新命案的故事……不，慢著，這樣反而對各位讀者不夠親切。

一場命案有著類似食譜的烹調順序，一具屍體必須經歷一段過程才能登場，前述兩名刑警在這段過程最開頭的部分飾演重要角色，所以照理應該從這裡說起，而且這段敘述會再度提及兩名刑警的特異個性。

已經熟悉他們的讀者，會大幅點頭認為「既然是他們就有可能」；首度認識他們的讀者，會無奈覺得「這樣也叫做刑警」？這樣很好。

這是在初春的三月十日，平凡無奇的非假日傍晚發生的事。

「我們是烏賊川市警察。」志木刑警說著，迅速從西裝內袋取出一張文件。「中山章二，你有傷害暨毀損嫌疑，這是逮捕令，乖乖束手就擒吧！」

「……」沒有反應，志木的聲音空虛迴盪。

志木再度摺起文件收回口袋，做個深呼吸之後，又把右手伸入口袋，一拿出文件就以更快的速度說：

「我們是烏賊川市警察，你是中山章二吧，你有傷害暨毀損嫌疑，這是逮捕令，乖乖束手就擒吧！」

「……」還是沒反應。

沒反應也在所難免，志木眼前並非嫌犯中山章二，只有偵防車髒髒的擋風玻璃，玻璃一角掛著烏賊川神社的交通安全護身符，這就是志木現在的「虛擬嫌犯」，坐在駕駛座的志木，從剛才就朝這個「虛擬嫌犯」反覆練習拿出逮捕令的帥氣動作與招牌臺詞，這種姑息的努力很像考試將近的考生臨時抱佛腳，但當事人非常認真，即使旁人看來只像是胡鬧也一樣。

「警部，請問一下……」志木朝著坐在副駕駛座，無奈到微閉雙眼的砂川警部詢問：「依照警部的判斷，哪種比較有效？」

「就算你問我哪種有效……」砂川警部惺忪張開單眼。「就我聽來沒有兩樣。」

「不，有一點點不同喔，一點點。」

「差異太小，根本聽不出來，不提這個……」砂川警部忽然從副駕駛座坐直，瞪著晚輩進一步告誡：「志木，你這樣反覆預演，那張重要的逮捕令，還沒正式使用就會被你玩爛，等到真正要逮捕嫌犯的時候，如果你拿出來的逮捕令皺得像是老舊地圖就不像樣了，對吧？」

簡單來說，「像不像樣」是砂川警部唯一重視的問題。

「逮捕嫌犯的基礎是『形式』！」

「喔喔，不愧是警部！」

志木遵照砂川警部的偏頗建議，將逮捕令工整摺好，小心翼翼收進西裝內袋。

接著志木隔著車窗，憎恨地看向嫌犯中山章二所住的鋼筋水泥公寓，嫌犯住在四樓某室，但室內沒燈光，他還沒回家，而且逮捕令在他晚回家的這段時間沒有登場機會，現在只能等待。

中山章二是小型金屬管加工工廠的廠長，年齡四十一歲，單身失婚族，將高明師傅父親傳給他的工廠管理得很好，美中不足之處是酒品很差。

三天前，他在市區酒館鬧事打架，以空啤酒瓶接連打倒兩個流氓之後逃逸，這兩個流氓立刻找當地大哥求助，卻不被當成一回事，忿恨不平的兩人改為跑到警局乖乖報案，要說丟臉確實很丟臉。

警方當然不能置之不理，老實說，師傅與流氓的衝突，最好是當事人自行解決，但事到如今就沒辦法了，警方興趣缺缺展開調查，輕易查出是中山章二犯行，向法院申請逮捕令之後，法院也不甘願的開出逮捕令。

經過這樣的來龍去脈，砂川警部與志木刑警前來逮捕中山章二，他們之所以獲選，應該是上級隨便挑兩個閒著沒事的人，除此之外找不到其他理由。

「話說回來，嫌犯一直沒回來。」志木看向手錶，時間將近晚間八點。「都等兩小時了，他在做什麼？」

工廠下班時間是晚間六點，最近經濟不景氣，肯定不用忙到要加班，嫌犯在這時間該回來了。

難道他察覺警方埋伏而逃走？不，不可能，何況中山章二不知道三天前的衝突驚動警察，正因為不知道，他後來也若無其事到工廠上班，勤於處理日常業務，不可能事到如今還想逃走。

志木抱持這種質疑時，一名男性從他們的偵防車旁邊經過，背影很像是任職於小工廠的師傅。

身高一六五公分，體格細瘦而且O型腿，拎著一件破破爛爛的外套，髮型是傳統的工匠頭（也就是平頭），頭髮略微斑白。

「就、就是他，警部，我們上！」

「等一下！光看背影無法判斷，別急，確認他住哪間房再說。」

砂川警部偶爾會提出正確的意見，志木依照警部指示，靜靜下車跟在男性身後，砂川警部也跟在志木身後。

男性從殺風景的玄關進入鋼筋水泥公寓，內部沒有電梯，鐵製螺旋階梯是唯一通往四樓的路，所以很容易跟蹤，男性輕盈跑上樓，後方的刑警們保持距離跟上去，這名工匠風格男性對三樓看都不看一眼，繼續爬階梯上四樓，志木此時已經抱持確信。

「警部，肯定沒錯，他是中山章二。」

「慢著，再等一下，嫌犯住四〇三號房，等他站在那扇門的前面，就是一決勝負的時候。」

「這一刻終於來了，唔嘿嘿，我亢奮起來了。」

志木伸手確認內袋的逮捕令，不曉得那個人看到這張逮捕令將露出何種表情，志木想到這裡，心跳就自然加速，這時候的志木完全忘記受害者是「丟臉的小混混」、嫌犯是「四十一歲單身」、罪狀只是「傷害暨毀損罪」。無論是殺人、違反道路交通法還是涉及層壓式推銷，基於何種罪狀，逮捕嫌犯的喜悅都不會改變，這就是志木刑警的價值觀，或許這樣的他很適合當警察。

這一瞬間來臨了，平頭男性無疑站在四〇三號房門前，他摸索褲袋要取出鑰匙，完全沒有防備，機會來了！

志木動如脫兔衝向嫌犯，從內袋抽出皺皺的逮捕令，說出從剛才反覆練習至今的臺詞。不，這只是他的構想，然而……

「我、我們是可疑警察！」計畫全盤皆墨。(註1)

「啊？」對方愣了一下，這是在所難免的反應。

「總、總之，我們是警察！」志木採取強硬態度。「你是中山章二吧，是吧，沒錯吧？總之我有逮捕令，乖乖束手就擒吧！」

但志木這番話魄力不太夠，無法讓嫌犯真的安分聽話，剛開始愣住的中山章二也立刻掌握狀況，在下一瞬間開始反擊，他揪起志木襯衫領口，先往自己這邊拉，再用力往前推，志木就這麼向後倒在水泥走廊，殃及隨後跟來的砂川警部。

兩名刑事瞬間出現破綻，中山章二趁機打開大門衝進室內，兩名刑警立刻起身追過去。

「哼，居然逃進屋內，真笨，這樣就是甕中捉鱉了，志木，千萬別讓他跑掉。」

「請交給我！」

砂川警部說得沒錯，這裡是四樓，無處可逃，志木入門大步走過木板走廊，打開右邊夾板門單獨衝進房內，裡頭是殺風景的榻榻米室。

註1　日文「烏賊川市」和「可疑」音近。

「喂，別做無謂的抵抗……」志木說出刑警特有的成句，卻在這一瞬間看到意外的東西而發抖。

「哇哇哇！慢、慢著！冷靜下來！」

中山章二背對鋁門窗，架起「像是手槍的物體」站立不動，「像是槍口的部位」筆直瞄準志木。

「那那那那、那是什麼？是、是玩具嗎？是玩具吧，沒錯，別做傻事！」

「不是玩具！」中山章二出言恫嚇，卻在下一瞬間不經意想到某件事拉下表情。

「嗯？稍等一下……」

「什、什麼事？」

志木聽話稍等一下。

「你們不是因為這把手槍來找我？」

「你別誤會了。」志木拚命嘗試說服。「我、我們不是因為你、你非法持槍而來，只是基於傷害暨毀損罪的嫌疑，才會來逮捕你……」

「唔，不是因為非法持槍？」中山章二露出世界末日般的表情，接著怒目相向。

「你這傢伙，既然這樣就早說啊！害我太早下定論！啊啊，我真是的，居然這麼心急，還以為我私造手槍被發現……啊啊！真荒唐！」

「還不是因為我剛才要念罪狀的時候，你沒聽就跑掉了，我也沒預料到是這種結果，總、總之，對不起。」

「要是道歉就能了事，就不需要警察了！」

志木貿然謝罪反而激怒對方，中山章二重新架起手槍。

「既然這把槍被發現，我也完了，我要殺掉你這傢伙再自殺！」

他說完真的扣下扳機，第一槍的槍聲在狹窄室內迴盪，子彈粉碎志木身後桌上的花瓶，不曉得這槍沒命中是因為他過於激動，還是志木過於走運，不提這個……

「不、不會吧！」志木蹲下大喊：「射出子彈了……不是玩具！」

志木放棄說服，以排球撲身救球的動作翻身，暫時撤退到走廊，槍聲再度瞄準志木響起，這一槍擦過木門邊緣打進白色牆面，是第二槍。

「嗨，歡迎回來，比我預料的早。」

砂川警部在走廊抽菸等志木回來，他幾時點菸的？

「我，我回來了……慢著，警部，現在不是悠閒講這種話的時候，這到底是怎麼回事！」志木緊貼牆壁繼續說：「我沒聽過他身上有槍啊？」

「我想也是，何況要是知道，就不會只叫我們兩個來抓人了。」

「請求支援吧，支援！」

「沒這個必要。」砂川警部斷然駁回。「聽到剛才兩聲槍響的居民，應該早就打一一〇報警了，我們遲早等得到支援，不過聽好了，必須只靠我們在支援抵達之前解決，否則我們就沒面子吧？」

接著，砂川警部把半張臉伸向室內。

「喂～中山章二，把槍扔掉，你完全被包圍了。」

室內隨即傳來走音的回應聲。

「什麼？兩、兩人就能完全包圍？」

「沒錯，只有兩人就『完全包圍』確實形容得太誇張，那個傢伙明明很激動，卻在對方過於中肯的反駁，使得砂川警部縮回脖子。

奇怪的地方很冷靜。」

「現在不是佩服的時候。」

「話是這麼說……」

另一方面，室內的中山章二似乎完全氣昏頭。

「你們兩個在囉唆什麼，有種就放馬過來，老子還有子彈！」（註2）

註2　以廣島為舞臺的知名作品《無仁義之戰》的臺詞，影集由菅原文太主演。

他獨自上演「無仁義之戰」，廣島腔很生硬，畢竟他在烏賊川市土生土長。

「不得已了。」砂川警部以自備的菸灰缸熄菸。「果然只能用槍來應付槍了。」他說完就從懷裡取出手槍。

「哇哇哇哇，警部，您怎麼拿出這麼危險的東西！」

「你是笨蛋？」砂川警部以槍托輕戳志木胸口。「你不是也有槍？就在這裡。」

「警部說得沒錯。」志木像是聽到這番話才首度想起來，同樣從懷裡槍套取出手槍。「那我們就一起痛快修理他吧，這是個好機會，讓這世上的壞蛋知道，朝警察用槍的人會落得何種下場，呼呼呼，我摩拳擦掌了。」

「你忽然變強勢了，看起來比我還危險。」

「呼，沒這回事，我很冷靜。喂～中山章二，聽好了。」

「……」

毫無反應，志木停止說話，才發現四周安靜到鴉雀無聲，中山章二不再模仿菅原文太了？

「唔唔！」砂川警部蹙眉。「喂，志木，狀況不對勁，莫名安靜，太安靜了。」

「確實不對勁，而且也沒開第三槍。」

「嗯，很奇怪。」

砂川警部貼著牆壁迅速脫下上衣，扔到半開的門後，上衣「啪沙」一聲落在榻榻米上，卻只有如此而已，毫無其他反應，志木有種室內完全沒人的感覺，兩名刑警內心同時掠過不祥預感。

「不會吧！」

兩名刑警這次爭先恐後衝進室內，但不祥預感已經成真，裡頭空無一人，只有向南的玻璃窗開著，吹進來的輕柔晚風搖曳著粗糙的窗簾。

「那個傢伙居然從窗戶逃走！」

「怎麼可能，這裡是四樓啊？」

「但他現在確實沒在裡面……」砂川警部從開啟的窗子探出上半身。「喔喔！」

「可是，難道他跳樓……」志木同樣看向下方。「哎呀？」

兩名刑警俯瞰視線的前方，是公寓後方的暗巷，路燈微微照亮的暗巷裡，一名男性以全身擺出「K」這個字，就這麼躺著動也不動。

燈光昏暗無法確認，但幾乎肯定是墜樓的中山章二。

「笨蛋，乖乖被逮不就好了……」砂川警部扔下這句話，把無用武之地的手槍收回懷裡。「哎，沒辦法，總之過去吧，看樣子應該死了。」

兩人衝出四〇三號房，沿著螺旋階梯跑下樓，繞到建築物後方的狹窄暗巷，立刻趕到倒地的男性身旁，男性確定是中山章二，已經死亡，恐怕是想沿著窗框逃走卻失足摔落，屍體周邊淒慘飛濺的血液，顯示出墜樓的強烈力道。

但他們不能只被屍體的淒慘樣子奪走目光。

「唔？喂，志木。」首先察覺的是砂川警部。「手槍在哪裡？我沒看到。」

死亡的中山章二雙手沒有任何東西。

「咦，奇怪，沒掉在附近暗處？」

志木環視周圍，卻沒發現任何東西，這裡頂多只有電線桿的影子稱得上暗處，甚至沒有足以藏手槍的縫隙。

「啊啊，我知道了。」志木再度看向屍體。「肯定壓在這傢伙底下，稍微搬開屍體看一下吧。」

兩人各自抓住屍體手腳稍微拉起來，但屍體底下完全沒東西，就只是沾滿血的柏油路面，搜尋衣服也沒藏在身上。

大概是聽到槍聲的居民報警吧，在這個時候，好幾輛警車響起刺耳警笛聲接近這裡，志木終究無法掩飾焦慮的神色。

「警部，雖然我覺得不可能，該不會是碰巧經過這條暗巷的某人，撿起屍體旁邊的手槍逃走吧？」

「不。」警部斷然回答。「我覺得正是你說的『該不會』，至少四樓房間地上沒手槍，這裡是人煙稀少的暗巷，要是湊巧有個拿槍的人在面前墜樓，即使目擊者不是手槍迷，一時鬼迷心竅拿走槍也沒什麼好訝異。」

「怎麼這樣……」

許多警察在這時候抵達現場，立刻封鎖整條暗巷，在進行現場勘驗的時候，也在四〇三號房與現場周邊大規模搜尋手槍，這把最重要的手槍卻不在任何地方。

然而並非毫無收穫，兩名目擊者證明案發當時，有人踩著響亮腳步聲穿過暗巷，這些證詞無疑為「某人撿槍逃走」這項假設加上可信度，但是兩人對這個撿槍嫌犯的形容完全相反，分別是「年輕男性」與「年長女性」，這部分無計可施，只能以此認定案發當時有人經過現場附近，失蹤的這把手槍將難以尋回。

另一方面，警方在四〇三號房發現手槍，和當晚開兩槍的那把槍不同，藏槍的抽屜共有五把槍，都是名為「Colt Government」的自動手槍……的仿造品，是以模型槍為底製造的改造手槍，而且達到實用等級，推測是中山章二以自己工廠的工作機械所製作，這件事也重新證明他確實私造槍枝，也證明他是高明的金屬加工師傅。

順帶一提，手槍可裝填八發子彈，也就是八連發式的自動手槍，中山章二似乎只私造這種槍，不難想像他帶離現場的槍也是相同款式。

「這樣的話，那把槍果然是八連發，他剛才朝我們射兩槍，所以必須考量那把槍還有六顆子彈。」

「是的，中山章二也說過『老子還有子彈』，不過警部，這下麻煩了，私造手槍流入一般社會，這是最壞的狀況吧？無從得知槍會被用在哪些地方。」

「是嗎？」警部微微歪過腦袋。「我覺得手槍的用途沒有很多。」

這部分確實如警部所說。

大致就像這樣，一把槍因為這個事件而外流。讀者們可能有人批判砂川警部與志木刑警無能，這種說法對兩名刑警很過分，他們的工作態度確實稍微缺乏緊張感，這一點無法否認（他們總是這樣），但本次事態是基於當事人們無法預測的事件與巧合而造成，這也是事實，只能說這果然是無法避免的霉運。

話說回來，禁止人民擁有手槍的這個國家，公認「只有警察與黑道擁有真槍」，不過這句話或許應該加上「自衛隊與恐怖分子」。

簡單來說，手槍在不用戰鬥的普通人民眼中，是一種缺乏真實感的東西，幾乎所有人都認為這只是會在影片看見的道具。

然而，基於至今述說的這個特殊狀況，如今烏賊川市的某人——真的是不分年齡、性別、貧富、善惡、美醜、貴賤、中央聯盟或太平洋聯盟——擁有一把真槍。

把手槍外流的來龍去脈說明得這麼詳細，無疑是為了讓各位讀者接受現狀，既然充分接受現狀，接下來無論誰以何種方式使用這把槍，聰明的讀者們絕對不會抱怨「沒有真實感」。

而且請各位不要忘記，這把手槍堪稱這部故事的主角。

第二章　馬背海岸命案

三月十日發生手槍外流事件之後，度過了平靜的兩個星期，景色終於洋溢春意，進入即將收到櫻花訊息的季節，烏賊川的水也逐漸溫暖，河口附近看得見零星人們悠閒垂釣，城市看起來維持著一如往常的平穩。

志木刑警的內心終究不平穩，或許到了明天，就有人持槍搶劫車站前面的銀行，或者今天就有白領族被開除而自暴自棄在公司亂開槍，不，恐怕現在這一瞬間，就有個重考生正以槍口抵著自己的太陽穴。

志木想到這裡就坐立不安，即使這麼說，現實上也完全沒辦法在這座城市找出那把手槍，目擊者的證詞含糊無法參考，能派遣搜查的人手有限，畢竟在烏賊川市，總是少不了無聊的打架、偷竊零錢、吃豬排蓋飯不付錢、寡婦遭到假結婚真詐財之類的小案件。

「只能等凶手在某處開槍了，志木，你說對吧？」

砂川警部這番話聽起來輕率卻說對一半，想得到尋找手槍的新線索，恐怕只能如此期待，這一點可以理解，然而……

「可以的話，希望中槍的是人類以外的東西，例如水泥牆。」

事情應該不會依照警方的期待進展，志木也很清楚這一點，志木自己就覺得從警校時代到現在，只以固定標靶進行的射擊訓練不太足夠，一般人要是得到手槍，會想試射何種目標？答案應該不會是牆壁或天花板。

而且，志木的想像果然以最壞的形式成真。

「馬背海岸發現一具胸口中槍身亡的男性屍體。」

三月二十五日上午，烏賊川市警局接到這則通報。

烏賊川市近郊某處名為馬背海岸，以陡峭懸崖、小型沙地與沿岸組成複雜海岸線而聞名，但是沒有成為觀光區，以往曾經擬定類似計畫，卻在最後因為環境過於險惡而沒能實現，託福得以保留豐富的自然景觀，如今反而成為珍貴景點。

這裡的生態系，以嶙峋懸崖相連的海岸線為境界，海裡棲息許多魚貝類，陸地的深邃森林居住著狸貓、狐狸、野兔等生物，順帶一提，也有極少數人類在這裡生活，這裡絕對不是人類想住也不能住的地方，只是非常不方便而已。

因為是這種地方，所以平常愛來的只有海釣客，在這種偏僻的地方發現屍體，而且凶器是槍，看來不是意外或自殺。

「那那那那、那把手槍終於被拿出來用了？」

開警車前往現場的志木，徵詢砂川警部的意見，砂川警部在副駕駛座忐忑不安看著部屬開車。

「冷靜冷靜，方向盤都在抖了。」

「因因因、因為，要是有人被那把槍打死，就是我們的責任吧？」

「哎，別這樣怨嘆，何況還沒確定吧？造成命案的槍可能是狩獵用的步槍，假設真的是手槍，也不一定是那把私造手槍……好了，看著前方開車，不然會出車禍。」

「我沒那種心情，沒那種樂觀的心情，反倒很憂鬱。」

「誰在跟你聊心情啊！看前面，志木，拜託開車看前面！」

「啊啊，好的好的。」志木重新握好方向盤，重新讓警車穩定前進。「警部，說真的，假設真的是那把私造手槍造成的命案，該怎麼辦？」

「哪能怎麼辦，當然只能由我們親自解決吧？總不能摀住耳朵假裝不知道，哎，或許該輪到名警部出馬了。」

順帶一提，所謂的「名警部」就是砂川警部自己，這明顯是自吹自擂，卻不是完全過度自信，事實上他也曾經大顯身手，不辱「名警部」的名號。

從馬背海岸的沿岸道路，沿著岩沙混合的陡峭斜坡往下抵達的岩地，就是通報的命案現場，大海就在眼前，但是漲潮的海浪應該也打不到這裡，每塊岩石都是乾的，剛好適合海釣客在這裡休息吃便當，不過如今要在這裡打開便當應該有難度，因為岩地有一具衣著邋遢的男性屍體，還有許多警方人員圍在旁邊。
現場勘驗已經結束，砂川警部與志木刑警一抵達現場就能審視屍體。
志木探頭看屍體，卻不由得倒抽一口氣，因為死者沒有臉——話是這麼說，但絕對不是無頭屍體，正確來說屍體有臉，然而大部分像是被天真孩子塗鴉般又紅又黑。
「唔哇，好慘，看不出長相。」志木雙手抱胸，仰望上空盤旋的鳥群。「肯定是肚子餓的烏鴉啄食屍體。」
「是鳶。」旁邊的年輕法醫如此訂正。
「畢竟海岸很多烏鴉。」砂川警部也忿恨仰望上空的鳥群。「凶手不可能試圖隱藏死者身分，是烏鴉幹的好事。」
「就說是鳶了……」法醫再度訂正。
死者不是被鳥奪走生命，所以這種事不重要。志木繼續觀察，死者看起來年紀不輕，卻也不是老人，唯一能列舉的臉部特徵就是有鬍子，而且並非保養得宜的鬍子，是許久沒刮除的鬍子，頭髮也是任憑生長，衣服底下的皮膚很粗糙，看得出來生前營養狀況不佳。
身上的衣物也很慘，是膝頭磨破的工作褲，加上沾滿汗水與油脂的帆布上衣，而且大概是尺寸不合，袖口明顯很寬鬆，看來死者經濟狀況也和營養狀況一樣不佳。

「警部，這人看起來像是遊民。」
這是志木對死者的第一印象，如果屍體是在市區發現，他肯定會下這個定論，但馬背海岸不是遊民的舒適住所。
「確實像遊民，但有遊民定居在這麼偏僻的地方嗎？我覺得住市區舒適得多。」
砂川警部果然說出和志木相同的疑問。
「或許是從市區帶來的，不，難道是在市區射殺之後扔在這裡？」
「嗯，這兩種可能性比較高。」
男性上衣左胸有個明顯是中槍的洞，傷口噴出的血染紅上衣，從屍體滴落的血也滲入岩地沙土染紅周邊，這段時間沒下太大的雨，所以血都乾了。
「話說回來，醫生。」砂川警部提出重要的問題。「這位先生大約歸西幾天？」
「大約一週吧。」
「不是兩週之前就遇害？」
砂川警部這番話，與其說是詢問更像願望。
「如果這是兩週前的屍體……」法醫輕推銀框眼鏡果斷地說：「我就會辭去法醫職務，回到老家繼承海釣旅館，我有這種自信。」
原來法醫老家開海釣旅館，感覺他吃過不少苦才成為法醫。

「這部分沒辦法稍微妥協嗎？」

砂川警部想對推測死亡時間「殺價」，但對方不肯成交。

「我說一週就是一週，我絕對不繼承海釣旅館！」

年輕法醫毅然斷言，看來他討厭海釣旅館。

「這樣啊，那就沒辦法了。」砂川警部輕哼一聲，改問另一個問題。「那麼凶器是什麼？我看得出來是槍傷，不過比方說，會不會是步槍之類的……」

「步槍？不可能，這不是那種大型槍造成的傷，凶器是手槍，應該和刑警先生你們用的款式差不多。」

「是喔，如果誤判就要繼承海釣旅館？」

「不用繼承，絕對是這樣！我絕對不要繼承！」

從這段回應聽不出他在「絕對」什麼，總之似乎沒錯，兩名刑警悄悄和激動到逐漸忘我的法醫拉開距離，看向湛藍耀眼的海面之後，彼此深深嘆口氣。

法醫的判斷，是兩名刑警不樂見的內容，死者約在一週前遇害，凶器是手槍，這麼一來，不得不說凶器很可能是兩週前外流的那把私造手槍。

「可是警部……」志木依然努力維持樂觀態度。「即使凶器是手槍，也不一定是『那把手槍』，還沒有如此確定，我們還有希望。」

「不，相當絕望。」砂川警部輕易粉碎志木的希望。「如果遇害者只是普通上班族或家庭主婦，就可以進行其他推測，但你看看那具屍體，看一眼就有直覺吧？怎麼想都像是某人湊巧得到一把手槍，基於半好奇的心態朝遊民開槍，對吧？還想得到其他的可能性嗎？」

「是、是沒錯……」

其實志木也和砂川警部一樣，在看到屍體的瞬間就有這種直覺。

死者恐怕是遊民，而且凶手殺害遊民的動機，通常不是尋仇或搶劫，遊民只因為是弱者，就經常成為不講理暴力行為的目標，這次完全是典型案例。

「不過，姑且要看過鑑識報告再說，對吧警部？」

那把手槍已發射兩顆子彈，是中山章二兩週前在公寓住處朝志木開的兩槍，以本次屍體取出的子彈和那兩顆子彈對照，就能輕易得知是否來自同一把槍。

「沒錯，但不要抱持無謂的期待，反正肯定是那把槍的子彈，我的直覺很準。」

「是直覺？」

「對，如果沒猜中，我願意繼承海釣旅館。」

繼承誰的海釣旅館？志木對警部毫無意義的發言蹙眉。

面海密談結束之後，兩人再度回到屍體旁邊，當前工作是查出死者身分，兩名刑警首先檢查死者隨身物品，不過只有褲袋裡的錢包堪稱隨身物品，而且身上財產才六百六十圓，這種金額根本不需要錢包，直接放口袋裡也無妨。錢包姑且也有放卡片的空間，卻完全沒有使用，從這個錢包只能確認遇害者生前很窮。

志木即將對這個錢包失去興趣時，砂川警部眼尖發現一個東西。

「唔！喂，志木，這裡是不是怪怪的？」

砂川警部指的是用來放月票之類的透明卡套部分，遊民當然不需要月票，所以沒使用這個部分，不過湊過去仔細一看，隱約看得到透明塑膠片有黑黑的字。

「啊，應該是紙條之類的東西長時間夾在這裡留下的痕跡，看來勉強能解讀。」

志木從西裝胸前口袋取出名片盒，抽出一張自己的名片，反過來插入透明卡套，多虧背景變白，轉印在塑膠片的黑色文字清楚浮現，看似文字的痕跡是數字。

最初是兩位數，接著是四位數，而且整齊排成一列。

「看來是電話號碼。」

「應該吧，沒有區碼，所以是烏賊川市的號碼，好，立刻叫人去查……喂，小夥子。」

砂川警部寫下號碼，交給附近的警察指示：「調查這個號碼，盡快。」

接著兩人繼續努力調查死者身分，到最後除了電話號碼，只有死者身上的數道舊傷可能是線索，腹部有盲腸手術痕跡，左肩有類似蟹足腫的傷疤，脖子隱約看得到燒燙傷痕跡，但是只以這種程度的身體特徵，很難斷定受害者的身分，那個電話號碼果然是最有希望的線索。

調查一遍之後，屍體放上擔架被抬走，總之屍體將由法醫解剖，解剖完就放在太平間保管，要是沒有人來認屍（應該不會有），將會葬在市內的無名墓地。

剛才受命於砂川警部的警察，在屍體抬走時快步回來，向警部敬禮之後立刻發表成果。

「經過詢問，烏賊川市內只有一個電話號碼和這個號碼吻合。」

當然不會有兩個或三個吻合，電話號碼就是這麼回事。

「所以是誰家？」砂川警部催促他說下去。

「不，這不是民宅號碼。」警察看著自己的手冊回答。「號碼對應的是『鵜飼杜夫偵探事務所』，地址是……」

砂川警部打斷警察好不容易查到的報告。

「我知道地址，車站後面綜合大樓的三樓。」

「啊，您知道？」

「非常清楚，你可以離開了。」

砂川警部斜眼看著愣住的警察，輕聲自言自語。

「原來如此，鵜飼杜夫啊，他和這個遊民有關啊，原來如此，原來如此。」

志木當然也記得這個名字，在之前的家庭劇院密室命案，這名私家偵探扮演某個重要角色，既然這個偵探也和本次案件有關，就不能置之不理。

「呵呵，或許這個案件意外好解決，原來如此，是那個傢伙啊……」

看來砂川警部想認定鵜飼杜夫是凶手，藉此解決這個案件，真的能這麼順心如意嗎？志木對此半信半疑。

第三章　鵜飼杜夫偵探事務所

從烏賊川市車站後站走路數分鐘，會來到一條雜亂、失序與落伍等要素並列的街道，雖然出現過重建的風聲，卻像是鮮少使用的鋼筆一樣，每次都是出現沒多久就消失，依照某種說法，物體不時出現又消失，是物體所附精靈幹的好事，由此推論，重建計畫之所以不時出現又消失，是棲息於市公所那些六十多歲精靈們幹的好事。

這部分暫且不提。

這條灰暗街道的一角，有一棟非常融入周邊景色的綜合大樓，這棟四層樓建築，主要都是分租給酒吧或酒館，此外也有一些單純當成住家入住的怪人，某些企業的工會辦公室也設置在這裡，真的只能形容為綜合大樓，這裡姑且有個正式名稱叫做「黎明大廈」，但因為氣派的名字和寒酸的外觀相差甚遠，世間不太熟悉這個稱呼。

這裡是「黎明大廈」三樓的其中一間，掛在門口的招牌如下：

鵜飼杜夫偵探事務所
WELCOME TROUBLE

砂川警部與志木刑警站在招牌前面，像是事先說好般同時板起臉，其中一個原因在於私家偵探是刑警們的職場死對頭，另一個原因在於他們充分想像得到，偵探也把刑警們當成職場死對頭。

「哼，什麼叫做『歡迎麻煩事』？他居然還掛著這種招牌。」

「總覺得字體比上次看到的大，看來上次的案件讓他莫名增加自信。」

「或許吧，不過……」砂川警部露出無懼的笑容。「即使是以『歡迎麻煩事』為宗旨的偵探，肯定也不希望我們這種大麻煩找上門，呼哈哈哈！那麼，去跟遊民命案的頭號嫌犯見面吧。」

「……」

砂川警部確實是偵探的大麻煩，但志木很在意警部所說的「我們」，聽起來像是把他相提並論，令志木不太高興，自己明明是非常正經的刑警……

志木思考這種事的時候，砂川警部按下門邊的門鈴，室內遠處響起小小叮咚聲，不久之後感覺得到有人站在門前。

「門沒鎖～歡迎～」

鐵門後方傳來有點低沉的聲音，接著黃銅門把轉動，門迅速從內側開啟。

「來，請進請進……」偵探以一副友善的樣子探頭。「哎呀？」

他瞬間露出驚訝表情，卻立刻改為和藹可親，親和過度令人起疑的微笑。

「什麼嘛，原來是上次的兩位刑警先生，真是好久不見，啊啊，請等我一下。」

偵探舉起單手擺出求情的動作，暫時把門關上，兩名刑警詫異轉頭相視，但還是乖乖等待。

不知為何，門後傳來小小的金屬聲響。

「好，可以了。」門再度開啟，偵探這次是從十公分左右的門縫只探出半張臉。「請問有什麼事？」

「……」

砂川警部終究也露出愕然表情，暫時說不出話來。

「唔～！話說回來，居然有人敢耍我們警察到這種程度。」

「一點都沒錯，不曉得該說好大膽還是好狗膽。」

身為當事人的偵探，如同事不關己愣在門後。

「找我有事？」睜眼說瞎話。

「居然這麼問，你啊……」砂川警部指著眼前拉到十公分長的銀色鎖鍊抗議。「知道門外是警察還特地關門鎖上門鍊，天底下哪裡找得到這種笨蛋！真是的，搞不懂你在想什麼。」

嗯，一點都沒錯，受不了。志木和砂川警部同樣無言以對，從志木的經驗來看，偵探的行徑同樣超乎常理，知道門外是警察就充滿善意取下門鍊的普通市民，他至今遇過好幾次，這種相反的情形卻是第一次遇到，而且這個偵探聽到抱怨也不肯取下門鍊，不只如此……

「因為很危險啊。」

他還說出這種話，莫名其妙。

「為什麼要把警察當成強盜或黑道一樣提防？」

「不，話說在前面……」鵜飼偵探面不改色。「我不是提防警察，是提防你們，畢竟兩位似乎對我印象不好。」

「因為你的行動無法給我們好印象。」

「是這樣嗎？」

「就是這樣！」

「不提這個，進入正題吧。」鵜飼中止無謂的口角。「今天有何貴幹？」

「你到最後還是不想取下門鍊？」

「不想。」偵探態度意外強硬。

「哼，算了。」砂川警部終於屈服。「我也不想和偵探打好交情，問完想問的事就會立刻離開。」

砂川警部接著說出想問的事。

「今天，馬背海岸的岩地發現一具身分不明的男屍，特徵是蓬亂的頭髮、很久沒刮的鬍子、營養狀況很差的皮膚，以及像是從某處撿來穿的衣服，總之看一眼就覺得是遊民，你心裡有底嗎？」

「我認識好幾個遊民，但沒人住在馬背海岸周邊，那種偏僻海岸不太適合住人，那個遊民為什麼和我扯上關係？」

「那個傢伙的錢包裡，殘留電話號碼字條的痕跡，調查發現是你的事務所，也就是這裡的電話號碼。」

「你說什麼！原來如此，這樣啊，嗯嗯……」看來偵探終究也覺得不太對勁了。

「啊，對了，請等我一下。」

偵探說完再度關門（響起小小金屬聲響之後）又開門，這次他取下門鍊了，偵探像是電視節目轉臺般，輕易又乾脆地換了一個態度。「總之站著不方便聊，請進。」

「所以我說啊……」砂川警部備感不滿。「你為什麼不從一開始就用這種態度？無謂浪費這麼多工夫。」

「哎，別這麼說，我端茶招待兩位當作賠禮，請進，別客氣，這樣不像警察。」

「沒人會客氣！」

砂川警部半生悶氣進入偵探事務所，看來砂川警部與鵜飼偵探在大門這場「幾乎噴火的激戰」，是以鵜飼技術判定獲勝的結果收場。

從玄關進入事務所的砂川警部，朝身旁的志木低語。

「這傢伙的我行我素，老是令我亂了步調，好難應付，受不了。」

「我大致明白。」

砂川警部為何會在鵜飼偵探面前亂了步調？簡單來說，原因在於砂川警部我行我素，鵜飼偵探我行我素的程度也不輸他，這兩人正面交鋒，肯定有一邊會亂了步調，這在旁觀的志木眼中顯而易見。

而且，現在掌握步調的明顯是鵜飼偵探，不曉得這是基於地利還是他的才能，總之這個偵探肯定難應付，必須提高警覺。

坐在事務所沙發的兩名刑警，喝一口鵜飼偵探招待的綠茶，立刻要求他繼續剛才關於命案的話題。

「好了，我要聽回覆，你心裡對遇害的遊民有底嗎？」

「還沒確定，不過……」鵜飼偵探慎重回答。「我曾經把電話號碼給一個遊民，他以西幸橋附近為家，叫做松金，全名松金正藏，我不知道這是不是本名，同夥都叫他金藏。」

鵜飼偵探說著，在空中寫出「松金正藏」四個字，忽然撫摸下顎思索。

「咦，刑警先生們沒見過？他和上次的案件有點關係……啊啊，對喔，警察先生們過去的時候，他剛好不在家，總之，就算見到面也不會怎樣，他只是個無業的中年大叔，但我不知道遇害的是不是金藏，要有死者照片之類的東西才能確認。」

「唔，照片啊……」砂川警部一副忽然有靈感的表情，把手伸進胸前口袋。「現場照片並不是沒有，不過只是拍立得照片……話說，既然你是偵探，應該不會被小事嚇到吧？」

「什麼意思？」

「哎，很多人看到屍體照片會嚇壞，畢竟依照拍攝角度或光線，照片或許比真實屍體更加駭人。」

「什麼嘛，這方面不用擔心。」偵探從容不迫回答。「先不提真實屍體，只是照片就沒問題，完全沒問題。」

「這樣啊。」

砂川警部緩緩拿出一張照片，放在偵探面前。

「那你就看看吧，你說的無業中年大叔是不是他？」

「嗯，容我看一下。」

偵探像是在看風景照，毫不在乎的拿起面前的照片。

志木知道那是左胸中彈、臉被烏鴉（鳶？）啄得亂七八糟的遊民屍體上半身照片，如同砂川警部預先警告，不是看過會舒服的照片，甚至是令人覺得「居然這麼慘」的淒慘照片，即使拍攝對象是屍體所以在所難免，但鑑識組的拍照技術或許有問題。

鵜飼偵探一看到照片就變了臉色，剛才的從容笑容消失無蹤，微顫眉頭露出神經質的表情，凝視照片上的人物。

「這、這張臉終究有點……感覺很像，但沒辦法斷定……啊，我失陪一下。」

偵探從沙發起身，但因為稍微站不穩，膝蓋用力撞上沙發把手。

「唔喔！」

撞得表情扭曲的他，拖著腳搖搖晃晃消失在事務所一角。

那裡似乎是洗手間，不久之後，隔著門板傳來不堪入耳的嘔吐聲，直到剛才還說「沒問題，完全沒問題」的偵探，壓抑不住反胃的生理反應而在馬桶前受難。

「哼，軟弱的傢伙，這樣哪裡叫做沒問題？」砂川警部露出誇耀勝利的笑容，愉快飲用綠茶。「相較於我們，私家偵探終究沒見過案發現場，是只會耍嘴皮子的刁鑽小鬼，總之，第二回合看來是我贏了，但我沒想到只用一張照片就贏。」

「唔～沒錯，確實是警部贏了。」

「這是作戰勝利。」

「是犯規勝利。」

這種勝利方式，感覺很像是對方大意時忽然拿凶器毆打，不是能夠引以為傲的對決，即使如此，原本差點被對方牽著走的砂川警部，肯定因而恢復自己的步調。

這兩人或許半斤八兩？志木隱約察覺這件事。

進入洗手間的鵜飼偵探，幾分鐘後再度恢復為若無其事的樣子回座，看來他振作速度很快。

「兩位久等了。」

「你去廁所做什麼？我好像聽到很淒慘的呻吟，是我聽錯？」

「哼，沒什麼，只是去『解放』一下。」偵探懷恨地瞪向砂川警部。「不過，警部先生真是壞心眼，您事先說明是那種屍體，我就可以做個心理準備了。」

「咦，我沒說？」砂川警部明顯裝傻。「屍體是在今天發現，但似乎死亡一週，就這樣在馬背海岸的岩地沒人發現曝屍一週，你剛才看過也知道，左胸中槍大量出血，大概是被血腥味引誘，不曉得烏鴉還是鳶從森林飛過來吃掉不少屍肉，屍體因而變成這種慘狀……我剛才沒說？」

「沒說。」偵探表情不悅。「我現在第一次聽到。」

「這就抱歉了。」

砂川警部恭敬低頭，不過當然只是裝個樣子。

「話說回來，你所說的金藏，腹部有沒有割盲腸的傷痕？左肩有沒有類似蟹足腫的傷疤？脖子有沒有燒燙傷痕跡？」

「三種都有。」鵜飼首度斷言：「肯定沒錯，遇害的遊民是金藏。」

「好，明白了。」正如預料的收穫，令砂川警部滿足點頭。「那你和這個金藏是什麼關係？」

「沒什麼密切關係，他偶爾會幫忙我這邊的工作，就像是我的助手，但我這邊工作不固定，所以算是委外社員。」

「委外社員啊，你別把話講這麼好聽，說穿了，你是抓準遊民經濟窮困，廉價聘雇為自己的『走狗』使喚，對吧？」

「警部先生，形容成『走狗』很沒禮貌，我只是相信他的能力，所以偶爾分配工作給他，就算不值得被感謝，我也不認為應該被人暗中指責。」

「這樣啊，算了。」接著砂川警部提出保留至今的問題。「從今天往回推的這一週，你當然都在這座城市吧？」

「啊？」

「沒事，換句話說，你沒有出國到夏威夷旅遊，或是搭乘豪華郵輪參加沖繩之旅吧？」

「我為什麼非得旅行？鵜飼杜夫偵探事務所不是旅行社。」

「我知道，我只是在想，如果你這段時間在國外，就可以把你排除在嫌犯名單之外，這樣啊，所以你人在這座城市，原來如此，哎，真遺憾，這件事實在遺憾。」

這當然是砂川警部對鵜飼偵探的明顯挑釁。

「請等一下！我為什麼要被列入嫌犯名單？我有理由殺金藏嗎？」

「天曉得，現在還不能斷言你基於什麼理由下毒手。」

「警部先生，這可不是開玩笑的，您要是認真覺得我是嫌犯，這只是浪費時間，我確實是和金藏正常來往的少數正當人之一，不過這只代表我是這座城市由衷哀悼他過世的少數人之一，是失去重要左右手的受害者，我很惋惜您居然懷疑我。」

不經意在話中強調自己是「正當人」，算是偵探特有的俏皮作風，總之偵探這番話不像是謊言，但砂川警部的挑釁還沒結束。

「喔，你是受害者啊，不過凶手經常偽裝成受害者。慢著，別怪我，我們看過這種案例好幾次，所以特別懷疑你的說法。但是依照常理推測，既然兩人之間有金錢聘雇關係，發生金錢糾紛也不奇怪，如果是私家偵探這種和個人隱私有關的工作，尤其容易發生糾紛。」

「比方說？」

「比方說，某個高階人士相關的隱私情報，被那個叫做金藏的人拿去亂用，你知道之後氣得制裁金藏；或者是立場相反，你企圖從事非法行徑卻被金藏發現，他會妨礙到計畫所以得滅口……總之，幹這行的難免會背叛朋友，不愁沒有殺人動機。」

「這叫做偏見。」鵜飼偵探冰冷斷言：「警部先生，您這種小說看太多了。」

志木聽到這裡就想到，砂川警部閒暇的時候（有時候即使忙碌照樣如此）經常看一些乏味的通俗推理作品或低俗的硬派小說，雖然和高尚讀物無緣，卻姑且算是喜歡閱讀，他覺得偵探很可疑的基本原因，或許來自這些書籍。

「哎，隨便了。」鵜飼偵探忽然露出大而化之的表情。「警方要懷疑誰是警方的自由，既然我和生前的金藏有來往，被懷疑也在所難免，畢竟正當人也可能一時心生歹念，不過……」

鵜飼偵探提出珍藏至今的自我辯護。

「再怎麼樣，說我用手槍射殺金藏也太過分吧？到頭來，這個國家不允許私家偵探持有手槍，假設我真的想殺金藏，頂多就是掐脖子、重擊頭部或是拿刀刺殺，不可能用到手槍，不是經常有人這麼說嗎？這個國家只有警察與黑道擁有真槍。」

偵探隨口將警察與黑道相提並論，企圖激怒刑警們，但砂川警部沒上當。

「不，這方面不用擔心。」砂川警部搖了搖手，以像是聊到某國童話的語氣述說「那件事」。「其實半個月前發生一件事，住在某處的某金屬加工師傅，基於傷害等嫌疑被法院發出逮捕令，某警局的某警官因而前去逮捕，有聽懂嗎？」

「有，但您想說什麼？」

「總之先聽我說完，警官要逮捕這個人的時候，對方拚命抵抗，居然拿出自己組裝的改造手槍朝警官開兩槍，警官不得已暫時後退，對方見機企圖從窗戶逃離，但是房間在四樓，可憐的他逃亡失敗，從四樓窗戶墜樓身亡，然而……」

「然而？」

「警官連忙下樓跑向地上的屍體，發現屍體旁邊的手槍不見了，換句話說，某個不法之徒趁著些微空檔，撿起屍體旁邊地上的改造手槍逃走。」

「呃！所以金藏是被這把撿走的改造手槍殺掉，這部分確定沒錯吧？」

「確定沒錯，只有這件事可以斷言。鑑識組已經比對子彈，兩次槍擊案的子彈完全相同，兩場案件是同一把手槍造成的。」

「所以凶手就是撿到那把手槍的人。」

「就是這樣，凶手可能是男性、可能是女性；可能是年輕人、可能是老年人；可能是學生、可能是藍領族。」

「原來如此，所以也可能是白領族，或是私家偵探……是吧？」

「對，任何人都可能撿走手槍，所以任何人都可能殺害遊民，你也不例外，換句話說，這個命案就是這麼回事，你也要以這種方式思考。」

砂川警部說得沒錯，這件事就是這麼回事。

「這樣啊，我明白了。」鵜飼偵探率直點頭接受這個規則。「順便問一下，手槍的種類是？」

「Colt Government，八連發自動手槍，你找到槍的話別試射，直接交到警局，明白了吧？」

「好的。話說回來，我還有一個問題。」

「什麼問題？」

「警部先生所提到『某警局』的『某警官』到底是誰？讓改造手槍外流的冒失警官，該不會是雙人組……」

然而鵜飼只能把話說到一半。

「那、那麼，志木刑警！」

「呃，有，砂川警部！」

「某警局」的「某警官」雙人組，像是聽到魔法咒語般同時起身，不用說，這是為了打斷對方的詢問。

「沒空在這種地方摸魚了！我們待在這裡的瞬間，或許就有第二、第三件慘案上演，志木刑警，我們走，要逮捕不法之徒，恢復市區的和平與安全！」

「我、我們走吧，砂川警部！不能老是留在這裡！」

嘴裡說要走，其實無處可去，只是想逃離這間偵探事務所，兩人在這種時候默契特別好。

偵探目睹兩人假惺惺的這場「戲」，愣了好一陣子。

「呃，那個……警部先生？」

「啊啊，不好意思。」砂川警部伸手制止偵探說話。「我們有工作要忙，沒空和你打交道，抱歉我們先告辭了，感謝你招待綠茶。」

「謝什麼謝，慢著，那個……」刑警們慌張想逃走，鵜飼偵探也只能輕聲抱怨：「唔~感覺真的很沒禮貌，到頭來，你們到底來做什麼？」

偵探完全一副無法接受的樣子，卻也沒有攔下他們。

兩名刑警痛切感受著偵探從後方投以充滿疑惑的視線，就這樣離開偵探事務所，快步走下「黎明大廈」的昏暗階梯抵達一樓門口，砂川警部趁著沒人看見，再度恢復為強硬的態度。

「總之，今天算是勢均力敵。」

「……」

就志木看來是單方面敗退，但砂川警部的感想不一樣。

「我們大致查明遇害遊民的身分，也確認偵探是嫌犯之一，在場外就得到這種成果，實際上甚至等於贏了。」

砂川警部像是在客場遭到技術判定戰敗的拳擊手死不認輸，努力要取回掃地的威嚴，他是個不肯平白認輸的人。

第四章　櫻與魷魚乾

任何人都不想被命案波及，也不想波及他人，以戶村流平的狀況，他在上次案件情非得已體驗到這兩種狀況，震撼的命案與結局，以及對他造成的精神打擊都很特殊，因為特殊過度，知道實情的人甚至不曉得該安慰他還是責備他。

或許基於這個原因，戶村流平在今年春天，在不到一年即將畢業的這時候，忽然輟學成為打工族。這是相當自暴自棄的行動，明明還有其他更聰明的選擇，但他沒這麼聰明，所以也無可奈何，總之他應該能暫時享受平穩的日常生活。

然而，這個世界沒這麼輕易放過他。

這一天，流平在白天依然昏暗的三坪房間睡懶覺時，一通電話將他吵醒，在上次案件相識的遊民居然慘死，這個消息令他頗受打擊，後來他緩緩填飽肚子，畢竟就算噩耗充滿他的心，也不會填滿他的胃。流平整理服裝儀容之後，於下午三點騎著愛用的輕型機車外出。

他的目的地是「鵜飼杜夫偵探事務所」，卻先繞到一間材料行，這裡是鎮上一間小小的木材行，招牌寫著「栗山材料行」，他並不是為了蓋房子前來估價，更不是請店家雇用他，他只是為一件小事而來。

「大叔，大叔。」

流平在零碎木材與木屑堆積如山的廢材堆積區旁邊，和一名坐在圓木椅子抽菸休息的中年工匠打交道。

「想請您把那邊的零碎木材分一些給我。」

「那個？」身穿工作服的中年男性，斜眼看著廢材山。「好啊好啊，想拿幾噸隨你拿，可以的話全拿走。」

「不，我不需要全部。」

「木屑要不要？接下來的季節，這是養獨角仙的必需品。」

「不，這也不用，我沒要養昆蟲，我只要一片木板，像是這樣的細長板子。」

「喔，細長的板子啊……」工匠從圓木椅子起身，稍微撥開廢材山之後，挑出一塊木板。「你說的是這種木板？」

這塊木板和身高差不多。

「不，不用這麼長，再短一點。」

「那這塊？」

這塊長約一公尺，厚度卻有五公分，反而比較像是角材。

「不，不用這麼厚，再薄一點。」

「那這塊呢？」

這塊長約一公尺，厚約一公分，剛好符合流平的想像。

「啊啊，就是這塊，我想要這種木板。」
流平開心笑著伸出雙手。
「喔喔，這樣啊！好，正直又謙虛的年輕人，這三塊都送你當獎品！」
「不需要！」
為什麼非得悲哀的和陌生工匠上演「金銀斧頭」的戲碼？看來流平找錯對象了。
「順便送你一些木屑吧。」
他還在講。
如果是金板或銀板，流平就會樂於收下，但是廢材或木屑拿再多都沒用。流平按照原本的預定，只拿一塊木板就離開「栗山材料行」，但這塊木板到底要用在哪裡？
鵜飼在「黎明大廈」鄰接的停車場入口等待戶村流平抵達，裡面停放一輛特別顯眼的進口車，這是偵探愛面子努力買下的雷諾 LUTECIA，外表和國產的掀背車沒有兩樣，其實價格與配備也和國產車沒有兩樣，是很有個性的法國車。
「居然這麼慢，我正打算扔下你自己走。」
「鵜飼先生，別這樣。」
流平把機車停在停車場一角，把單手扛著的木板交給鵜飼表達不滿。

「忽然打電話說『金藏被殺了，快來，還要弄一塊一公尺的細長木板』，我已經算是很快趕到了，木材行的奇怪大叔還想塞木屑給我……所以，您想做什麼？」

「嗯？你覺得我要你拿這塊木板來做什麼？」

「這個嘛……不清楚。」

鵜飼在納悶的流平面前，把細長木板放在地上，然後摸索西裝口袋。流平知道鵜飼西裝口袋藏了不少東西，所以有點期待。但他最後取出的是隨處可見的極粗簽字筆，看來他想在這塊木板寫字，這樣的話，流平大致明白這塊細長木板的用途了。

鵜飼在流平注視之下，寫下無法從平常的他想像的漂亮字體。

正面是一般墓碑常見的這行字。

松金正藏長眠於此，享年四十歲（推定）

「喔～」流平再度驚嘆：「原來金藏先生本名是松金正藏，我都不知道。」

「天曉得是不是本名，年紀我推測是四十歲，但我有點沒自信。」

順帶一提，背面是這行字。

南無妙法蓮華經南無妙法蓮華經

「原來如此，金藏先生是蓮華經信徒。」

「天曉得，我不知道。」鵜飼隨口就說得出這種話。「這只是我不經意寫的，怎麼樣，寫得很好吧？」

看來鵜飼只是想「不經意」炫耀自己的漂亮字體。

「總之，屍體大概會焚化埋在某個無名墓地，這姑且是形式。放心，世間沒人肯為他做到這種程度，這樣就很夠了，你在上次案件受他招待吃住的恩義也以此還清，對吧？那就出發吧。」

「啊，說得也是。」

確實如鵜飼所說，在上次案件被警方追得走投無路的流平，在鵜飼的建議之下，前往金藏的紙箱屋藏身一晚，案件在隔天急遽演變並且順利解決，所以流平到最後沒機會向金藏道謝。而且流平是學生，當然沒機會和身為遊民的金藏在生活上再度交集，受他招待的恩義就這樣延宕至今沒報答。

不過，在葬身之處樹立墓碑，真的能安撫遇害遊民在天之靈？這種事不得而知。

總之，後座載著墓碑，副駕駛座載著流平的雷諾，由鵜飼一路開往馬背海岸，流平在車上得知上午發生的事，砂川警部與志木刑警來到事務所，把鵜飼列為嫌犯之後離去，既然遇害的是金藏，鵜飼確實可能被懷疑涉嫌。

「所以，關於金藏先生遇害的原因，鵜飼先生有頭緒嗎？」

「頭緒？沒那種東西，有的話我早就一五一十告訴刑警先生他們了。」

話是這麼說，但偵探前往命案現場，肯定不會只是去祭拜，流平內心充滿期待。

抵達現場時，手錶顯示下午四點，在中午傲然釋放和煦陽光，令人認為春天正式來臨的太陽，如今逐漸西下減弱威力。相對的，夕陽特有的耀眼光線照亮平穩海面，這下子真的來對時段了，流平率直對這個巧合感到喜悅，接下來直到日落的這個小時，海岸將以最美麗的色彩綻放光輝。

然而，沒人在這座海岸享受大自然的絕妙配色。只有一名老人坐在朝海面延伸的大石頭垂釣，他背對夕陽專心看釣竿尖端，絲毫沒察覺身後壯麗的夕陽光景，流平不禁為這位老先生惋惜。

遠離這裡的岩地一角，以黃色塑膠繩圍出一塊區域，有個身穿制服的巡查負責看守，明顯看得出那裡是今天早上發現遊民屍體的地方，看樣子肯定禁止普通人進入。

「在遇害地點哀悼是最好的選擇，但也沒辦法了，我可不想太接近現場被當成可疑人物，離遠一點吧。」
最後，鵜飼在距離現場約兩百公尺處停下腳步，把右手拿的細長木板插入岩縫，木板一離手就微微傾斜靜止，成為通稱金藏的松金正藏之墓。海岸是公共場所，肯定不允許任何人擅自樹立墓碑，這塊墓碑恐怕撐不久。
「啊，這麼說來……」流平忽然察覺缺了一個重要的東西。「我忘了買花。」
「放心，不用買花，他不會因為這種東西感恩。」
「那應該買什麼？」
「總之，買食物應該最好吧，但我也沒買。哎，應該不用特地買什麼東西，心意到了就好。」
就這樣，兩人並肩雙手合十默哀五分鐘，沒花半毛錢就結束儀式。流平原本覺得這不是很好的憑弔，卻立刻修正想法。凶手在本次案件以手槍射殺金藏的行徑，簡直像是拿獵槍射殺野兔，將這個真凶繩之以法，才是最能憑弔死者的方式，鵜飼所說的「不用買花」確實有道理。
「那麼流平……」鵜飼起身說：「該回去了。」
偵探過於平凡的這番話，使得流平不由得在岩地跺腳，偵探這番話就是如此令他意外又洩氣。

「鵜、鵜飼先生，請等一下！」

「怎麼了，還有什麼事嗎？」鵜飼愣了一下，接著說：「哈哈哈，流平，你應該不會浪漫到想眺望夕陽一陣子吧？抱歉，這不適合你。」

「誰要看夕陽啊！」而且「不適合你」這句話很多餘。「不提這個，鵜飼先生，你是偵探吧！既然是偵探，不覺得應該有點偵探的樣子，看看命案現場嗎？」

「現場？可是如你所見，現場有警察看守，想靠近也沒辦法，何況在外圍觀察也沒用吧？屍體已經抬走，那裡肯定什麼都沒有，只有大石頭堆在那裡，這種事在這裡也看得出來，大概是屍體夾在那條岩縫，才會晚一週才發現，沒什麼有趣或奇怪的地方。」

「那個……鵜飼先生。」流平終究有點擔心而詢問：「鵜飼先生不想為金藏先生報仇？」

「這是怎樣，忠臣藏？」鵜飼說得毫不在意。「但金藏不是我的主公，真要說的話，主公是我。」

「……」

從聘雇關係來看，確實是這樣。

「總之如你所說，我是偵探，不會坐視身旁的人慘遭殺害，抓到凶手也能給死者一個交代，但是不可能，無計可施。」

「不可能？」

「因為沒線索吧？不，嚴格來說有線索，畢竟屍體還在，有子彈，附近居民可能有人目擊，遊民同夥可能也知道一些情報。不過，擅長從這些線索找出凶手的是警察，我一個人做不了什麼。」

「換句話說，要交給警察處理？」

「就是這麼回事，我覺得應該是某人偶然得到一把槍，半好奇拿遊民當靶子，只是這樣的案件罷了。警方應該這麼認為，就我看來也是如此，而且想不到其他的可能性。好啦，這樣就懂了吧，該回去了。」

流平不知為何，對鵜飼這番大徹大悟的話語有所反彈。

「不，我不回去，要在這裡多待一陣子。」

「喔，在這裡？」鵜飼詫異環視四周。「要做什麼？」

「哼。」流平採取反抗態度。「我想眺望夕陽一陣子！不行嗎？」

「哈哈哈，隨便你吧。」偵探沒有刻意說服。「看來你深信這裡有重大線索，確實有句格言說『現場蒐證百回不嫌少』，實際上卻很難說，或許只是白費力氣。總之你想這麼做的話，我也不會阻止，那我先回去了。」

「要做什麼？」流平重複鵜飼剛才的詢問。

「呼，不是什麼大事。」鵜飼撥起瀏海立刻回答。「我想趕快回去看琴雲龍vs.鷹之富士的第一場比賽。」

「這、這樣啊……」

真的不是什麼大事，流平原本以為聽得到更正經一點的理由，卻只能啞口無言垂頭喪氣，真是的，不再期待這個偵探了！

數分鐘後，流平站在約和身高等高的大石頭上激動不已。

「混帳～這個無情的傢伙！只會囂張開進口車到處跑！這個╳╳╳偵探！給我撞電線桿腦袋開花╳╳╳吧！混蛋～！豬頭～！垃圾～！」

流平撿起流木胡亂揮動，朝夕陽連聲咒罵之後，忽然擔心的環視四周。他偶爾會情緒暴躁毫不節制破口大罵，有時卻會招來出乎意料的不幸，幸好周圍只有他一個人。

接著流平發覺一件事，周圍確實沒有人影，但他從剛才就經常看到烏鴉或鳶，這些鳥尤其聚集在他所在位置往夕陽方向五十公尺遠的沙地。如此心想的流平朝發現屍體的現場看去，站崗的制服巡查們同樣在意鳥群狀況，不時將注意力投向沙地，但他們看起來不想離開崗位追究原因，只想早點卸下這項枯燥職務。

流平當然立刻跑向問題所在的沙地，但他在沙地看見的東西非常平凡無奇。

「這是什麼？」流平一看到這個物體就失望。「原來是腐肉，誰扔的？」

這物體無疑是肉塊，長三十公分，大約比球棒粗一點，附帶細長的骨頭，而且有一半埋在沙地的洞。

流平無法正確判斷是什麼肉，按照常理推斷是牛或豬肉，稍微冷門一點是羊肉。考量到地域性，既然馬背海岸是野生動物寶庫，也有可能是山豬肉，無論如何不是雞肉，是四腳動物的肉，推測是帶骨腿肉，任何人到肉店都買得到的肉。

「大概是有人在海岸烤肉，把多餘的肉扔在這裡，不，也可能是扔進海裡的肉被大浪打到這裡。」

流平自言自語。

「不，不是因為大浪。」

隨即身後傳來出乎意料的回應，是年輕女性的聲音。

「唔喔！」

流平跳過帶骨肉，大約跳了一公尺遠，這個反應有點誇張，但他確實嚇了一跳。

「妳、妳是誰！為、為什麼要講這種……」

出乎意料，站在他身後的是一名少女，她身穿現今罕見的純白連身裙，大概是高中生，少女露出「啊？」的表情微微歪過腦袋。她和緊張的流平成為對比，舉止非常優雅，而且是自然流露，顯示她家世很好。抱持這個印象重新觀察，就發現她身上的洋裝即使沒有裝飾又不華麗，卻非常高雅而且似乎很貴，或許是有錢人家的大小姐。

「請問怎麼了？」千金小姐風格的少女略感詫異。

「那個，總之……」流平忽然變得結巴。「那個……請不要忽然從後面回應別人的自言自語。」

「為什麼？」

「因為會嚇到，會嚇到人。」

簡單來說，流平嚇到了，驚慌失措的模樣被看到，使他難為情而更加慌張。

「恕我失禮。」

少女將雙手交握在前方，並且鞠躬致歉。

「我不熟悉世事，不知道『不能回應別人的自言自語』這項規定，請原諒。」

恭敬又有點奇怪的道歉方式，反而使流平不知所措。

「這、這樣啊，我當然會原諒。」

流平立刻原諒，原諒美女不需要時間。

「話說回來……」她忽然開口詢問：「這裡這麼偏僻，您來到這裡有什麼事？就我所見，您不像是來釣魚……啊，難道是來欣賞西沉的夕陽？」

「嗯，或許也可以這麼說……」

流平含糊回應。氣氛如此悠閒，他判斷沒必要刻意提到遊民命案。

「就您一個人？」

「不，這個嘛……」流平搔了搔腦袋。「我和某人一起過來，卻基於某些原因起口角，所以對方先走了。」

美少女聽完睜大雙眼。「哎呀，您因此才在石頭上暴怒……不，那個，嘶吼……不，那個，出言不遜……啊啊，對不起，我不曉得該怎麼形容……」

「這樣啊……」

簡單來說，流平剛才在石頭上「暴怒」放聲「嘶吼」並且「出言不遜」，至少在她眼中是如此，這麼一來，被看見的流平只能害羞慚愧。話說回來，她混亂的樣子很奇特，如果她不是美女，流平就會想早早道別離開，總之流平連忙更換話題。

「那個，不提這件事，不曉得這塊帶骨肉是怎麼回事，哈哈哈……這麼說來，妳剛才說『不是因為大浪』，妳知道什麼線索嗎？」

「是的，不是因為大浪，何況即使是漲潮加強風，浪也不會捲到這塊沙地，那東西原本就埋在那裡，是魷魚乾剛才挖出來的。」

「啊啊，所以才會在洞裡。」

流平以腳尖撥沙子埋洞，並且馬虎回應，沙子逐漸填滿洞，肉被埋得看不見了。

「這樣啊，原來是魷魚乾挖洞，哇~魷魚乾是吧……妳是說吃的魷魚乾？」

晒乾的魷魚會挖沙地？如果是事實就很誇張，但是絕對不可能，難道是她口誤？還是這邊聽錯？

「是狗，看，就在您身後。」

流平聽到這番話轉過身去，瞬間被一隻像是金毛聚合體的大狗抱著舔臉。

唔哈，好噁心。流平表情扭曲。

「哇，好親人的狗。」流平不經意就說出友善的感想，他不擅長應付嬉鬧的狗。

「這、這就是魷魚乾啊，哈哈哈，好奇特的名字，哈哈哈……」

「很可愛吧，是公狗，今年三歲，本名叫做櫻魷魚乾王。」

「咦，純種馬？牠爸爸該不會叫做櫻爆進王吧？哈哈哈……」（註3）

「不，如您所見，牠是黃金獵犬。」

哎，確實是黃金獵犬，流平認為既然這樣，應該取個更像狗的名字，不提這個，

註3　日本知名的賽馬名字。

這時候提到姓名的話題剛剛好，流平想問另一個名字。

「話說回來，請問小姐芳名？」

「抱歉現在才自我介紹。」她再度優雅低頭致意。「我是十乘寺櫻。」

「櫻小姐？」該不會她在葛飾有個叛逆哥哥？不可能。（註4）

「平常寫名字都只寫平假名。」十乘寺櫻如此說著，溫柔撫摸來到身旁的金色大型犬。「所以這孩子叫做櫻魷魚乾王。」

總覺得她把「所以」這兩個字用錯地方，但這種事不重要。

「妳是高中生？」她在流平眼中只像是這個年紀。

「不，我姑且算是家事助手，別看我這樣，我二十歲了。」

二十歲是成年人，「美少女」是錯誤的形容方式。

「話說回來，十乘寺這個姓氏真氣派，是歷史悠久的家系？」

「我不清楚歷史是否悠久，家裡代代以捕撈烏賊加工致富，最近不再從事漁業，但加工業經營得很好……您知道十乘寺食品嗎？」

「喔喔，所以那間十乘寺食品，櫻花加上『十』這個符號的熟悉標誌，製作魷魚

註4　系列電影「男人真命苦」的主角車寅次郎，妹妹的名字也叫做櫻。

乾、花枝圈、冷凍炸小卷與冷凍烏賊飯的著名食品公司——十乘寺食品是……！」

「我家。」十乘寺櫻優雅低頭致意。「所以這孩子叫做櫻魷魚乾王，是爺爺取的名字。」

厲害！「所以」的用法一點都沒錯！

十乘寺櫻或許有點怪，不，她肯定是怪人，卻是貨真價實的千金小姐，而且是美女，美女不可能是壞人，流平毫無根據如此確信。

「我是戶村流平，請多指教。」

流平盡量故作自然伸出右手，眼前的對象立刻伸手回握，而且是雙手，還加上長長的舌頭舔啊舔。流平在被咬之前抽回手，為什麼非得要和魷魚乾王握手？好蠢！

這時候，魷魚乾王似乎是發現某人，穿過流平身邊往後跑，十乘寺櫻也朝著流平後方揮手。

「哎呀，爺爺，您要回去了？今天釣到什麼？」

流平轉身確認交談對象，一名右手提水桶、左手拿釣竿的老人，以穩健的腳步行走在岩地，這麼說來，直到剛才都有一名男性背對夕陽坐在大石頭上垂釣，看來就是這位老人。

乍看之下只是釣客，不過他睿智又銳利的目光、令人感覺高貴的鬍子，以及高級釣具等等，看得出他來自相當好的家系，肯定是十乘寺家的人。

「唉，不行，最近完全沒收穫，連一隻小魚或一隻蝦蟹都釣不到。喔喔，魷魚乾王，好乖好乖，來，給你魷魚乾。」

老人從口袋取出魷魚乾給前來嬉鬧的魷魚乾，兩者在岩地一角展開壯烈的同類相殘，老人滿意眺望這幅光景，來到兩人身旁詢問。

「話說回來，櫻，這個年輕人是誰？」

「這位是戶村先生，戶村流平先生。」櫻為流平與老人相互引介。「戶村先生，這位是我爺爺。」

「我是櫻的爺爺。」老人有禮低頭致意。「姓十乘寺名十三，十乘寺十三，這個名字不難記，但無論念幾次都會舌頭打結，真是壞心眼的名字。十乘寺十三、十乘寺十三……啊啊，我懂事至今六十多年，還是沒辦法把自己的姓名念好！過世的老爸一點取名品味都沒有，害得兒子到七十歲還這麼辛苦。」（註5）

這位老人將愛犬取名為魷魚乾王，可以說漂亮繼承了這種品味。

「話說回來，你和我孫女是什麼關係？」

註5　十乘寺十三於本作的念法為Jyuujyouji-jyuuzou，很拗口。

「哪有什麼關係……」櫻害羞地說：「我剛剛才認識戶村先生，但他不是可疑人物，是非常可憐的人。他和女友一起來這座海岸看夕陽，後來和對方起口角，結果就孤零零被拋棄在這裡了。」

「喔喔，原來如此，他剛才就是因為這樣，才站在石頭上亂揮樹枝宣洩啊。」

「就是這樣，嘻嘻。」

「原來是這樣，哇哈哈哈！」

兩位，你們完全誤會了！

第五章　鳥之岬的十乘寺宅邸

誤會必須盡早解開，十三與櫻踏出腳步之後，流平跟在兩人後方詳細說明：自己是熟人偵探的助手，今天和偵探一起來到馬背海岸，目的是憑弔遇害的遊民。此時兩人起口角，只有偵探先行離開，後來在海岸發現奇妙的帶骨肉，因而遇見十乘寺櫻。

大致說明之後，十三露出理解的表情。

「所以你是『偵探的徒弟』吧？」

慢著，記得剛才說的是「偵探的助手」，不過流平覺得「偵探的徒弟」聽起來也不差，就這麼漠然點頭回應。

「話說回來……」流平提出剛才就在意的問題。「兩位住在這座海岸？記得這附近沒什麼民宅……」

「沒民宅，不過有宅邸，你看。」

十三指向斜上方的天空，心想那裡哪可能有宅邸的流平抬頭一看，發現真的有一座建築物，但不是宅邸浮在半空中，十三手指的位置是一座山崖上方。

這座山崖看起來很險峻，前端像是跳水臺踏板一樣伸向海面，看起來是企圖自殺的人不會放過的好地方。

「當地人稱呼那裡是『鳥之岬』，原本就不是地圖會標示的地方，與其說是岬，單純只是突出海面的山崖，不過稱為岬比較有情調。」

「哇，鳥之岬啊……」

「看，從這個角度，山崖前端朝海面突出吧？因為很像鳥喙才會取這個名字。」

看起來確實是鳥喙，是一隻仰望斜上方的鳥，鳥喙尖端有一間小小的建築物，那是宅邸？可是看起來很小……

「那間小平房是別館，主屋靠近內陸，不過被森林環繞，從這裡看不見。你看，岬的鳥嘴部位是光禿禿的山崖，但內陸有森林吧？真要說的話，那片森林是鳥頭或雞冠，十乘寺宅邸就在那面森林裡，你也來吧，誠摯邀請你前來我引以為傲的宅邸。」

「咦，可以嗎？」

「沒問題。」櫻開心地說：「難得認識您這位『名偵探的徒弟』，想聽您多聊一些事情，爺爺，您說對吧？」

流平、十三、櫻以及魷魚乾王，三人加一隻狗從海岸來到雙線道路，走約十分鐘之後再度離開車道，沿著森林裡陡峭延伸的單行道往上走。林中小徑有鋪柏油，卻狹窄又蜿蜒，這片森林應該就是鳥之岬的雞冠，並沒有很深邃，沿著坡道向上延伸的小徑是明顯特徵，小徑走到底就是十乘寺宅邸。往前的鳥喙區有間別館，再往前就是大海，換句話說，這條單行道是死路。

從馬背海岸走到鳥之岬的十乘寺宅邸，大約是二十分鐘的路程。

「看，就在前面。」

看得見前方有扇巨大的青色大門，門柱是花崗岩，門板設計成藤蔓風格。看起來是青色的原因，在於金屬部位覆蓋一層銅綠，所以這扇門應該是銅製，非常搭配這間富豪宅邸。

「來，從這裡進去吧。」

十三打開正門旁邊的小門，催促流平他們入內。三人加一隻狗剛進門，就不知道從哪裡出現一名青年。

身穿黑西裝的這名男性，年紀大約三十五歲，體格比常人高一個頭，胸膛簡直比流平厚實兩倍，肩膀寬到像是裝入誇張的墊肩，沉穩的下半身與粗壯的脖子也引人注目，這套西裝肯定是量身訂製。

男性朝流平這名訪客恭敬低頭致意，和造成對方壓力的體格相反，他的舉止低調又柔和，明顯是受過訓練的態度。

喔喔，這難道是……！是至今時有耳聞，名為「管家」的人種嗎？流平以欣賞珍禽異獸或深海魚的心情看著這名男性。

「老爺，歡迎返家。」管家恭敬低頭迎接主人。「原來大小姐也和您在一起，在海邊散步還愜意嗎？今天的夕陽似乎特別美麗。」

「佐野，我這樣看起來像是去散步？」十三把自己的釣具交給名為佐野的管家。

「我是去釣魚，釣魚。」

「這樣啊。」

「所以你怎麼沒問我收穫？」

「老爺，恕屬下直言。」佐野的語氣平穩鎮靜。「老爺釣到魚都會自己說，不需要屬下詢問。」

「哼，沒那回事，我說不定是在等你問我。」

「那屬下就問了，老爺今天有釣到魚嗎？」

「嗯，有釣到，不過是小魚就放生了，catch and release！這是現今釣客的常識，不然要是水產資源斷絕，十乘寺食品就沒有明天。」

「了不起，這正是會長的風範。」

流平深感佩服，認為了不起的應該是管家佐野。原來管家也要負責應付這種彆扭的對話，比表面上看起來還辛苦。

「佐野先生，這位是訪客戶村流平先生，麻煩帶他到會客室，再請友子小姐準備飲料招待。」

十三也在櫻吩咐完之後，像是搭便車下令。

「然後帶鯡魚乾王回小屋，拿點東西給牠吃，牠好像餓了。」

「遵命。」

佐野再度恭敬低頭，將釣具背在右肩，左手拉著鯡魚乾王的繫繩離開，看來管家負責的工作範圍很廣。

「他叫做佐野，是我的隨扈。」

「隨扈？不是管家？」

「兩者皆是。」櫻微微一笑。「佐野先生是爺爺的隨扈兼管家。」

「這樣啊，感覺好像奧伯（Oddjob）。」

流平展露這個有點專業的譬喻，他是烏賊川市大電影學系的中輟生。

「你說的奧伯是誰？」

「《007金手指》的反派角色。奧伯平常是管家，遇到狀況時會以帽子當迴力鏢為主人戰鬥，總之是個相當異想天開的反派，這個角色由日本摔角手哈洛坂田飾演，這一點也很有名。」

「哎呀，真巧。」櫻驚訝地說：「佐野先生以前也是摔角手，對吧，爺爺？」

「哇，這樣啊……」那他就更像是十乘寺家的「奧伯」了。

「佐野以前確實是業餘摔角手，可別因為是業餘就瞧不起啊，佐野是曾經點名為奧運候補的知名選手，這是真的。你大概不曉得這項冷門競賽，不過十乘寺食品的業餘摔角社，直到十年前都和S&B食品的田徑社並列名門。」

十三的語氣充滿情感，像在懷念早期的美好時代，此時櫻來到流平身旁說耳語。

「最後那段話有點誇大，正確來說，只有佐野先生在的那段時間很強。」

「什麼嘛，原來是這樣。」

S&B食品的田徑社，也只有瀨古利彥在的那段時間很強，算不上名門。

「話說回來，友子小姐是誰？」

「佐野先生的太太，這間宅邸的伙食由友子小姐包辦。」

換句話說，佐野夫妻負責管家與廚師的職務，流平第一次認識真正的富豪，所以凡事都覺得稀奇。

「那麼，住在這座宅邸的是……唔啊！」

流平想詢問住在這裡的除了十三與櫻還有誰，卻忽然從後方被推倒趴在地上，背部到臀部感受得到四隻腳的重量，所以推倒他的不是人類，嗚嗚，這種屈辱的重量！

「魷魚乾王，不可以，離開客人，不乖！」

大概是櫻的斥責奏效，流平從四隻腳的重量解脫。

「喂！佐野，給我抓緊繩子，哪有人會鬆手啊，你看，為客人添麻煩了！」

看來真相是佐野放開繫繩，得到自由的魷魚乾王從後方撲到流平身上。真是的，魷魚乾王似乎非常喜歡他。

「非、非常抱歉！」流平頭上傳來剛才離開的佐野聲音。「這是我一時疏失，您有沒有受傷？」

流平自行起身，佐野依然以右肩背著釣具，看起來驚慌失措。

「不，我沒事，請不用在意，我沒有柔弱到輸給狗。」

佐野反覆向流平低頭道歉，這位十乘寺家的「奧伯」，後來改以右手穩穩握住繫繩離開。

經過一番騷動，十三邀請流平進入宅邸。

話說回來，經常在正統推理作品登場的西式宅邸，大多是哥德式石砌三層樓建築，藤蔓纏在裝飾窗，銅板屋頂有隻年代久遠的風向雞，西側有個打不開的房間，東側不知為何是圖書室，別館是密室，倉庫有某種傳說……差不多就像這樣，如同一開始就註定成為命案舞臺。

另一方面，座落於鳥之岬的十乘寺宅邸同樣是西式，外觀卻以輕鬆、開放又精巧為宗旨，和沉鬱或厚重氣息無緣。整體概念大概是明亮的地中海風格，綠色三角屋頂很有特色，兩層樓的建築物非常搭配海岸景觀，牆壁漆成純白色強調潔淨，每扇窗戶擦得乾乾淨淨，窗框同樣是白色，在夕陽完全西沉的這個時段，整座建築物在晚霞之中成為華麗的亮點，洋溢著幻想的氣息，非常值得引以為傲。

流平受邀進入宅邸，在會客室接受咖啡款待，琥珀色的液體表面慷慨以純白奶泡點綴，流平喝一口就不禁讚嘆，抱持「不愧是高級咖啡，和學校餐廳的差太多了！」這種純樸的感想。他在咖啡這方面缺乏經驗，拿不出其他能比較的咖啡。

後來流平羨慕欣賞各種罕見裝潢與高級家具，打從心底頻頻稱讚。他的作客禮儀似乎還算周到，十三因為他如此稱讚自豪的家而心花怒放，流平想要讓十三更加高興而走到窗邊，他覺得鳥之岬俯瞰馬背海岸的美景肯定能盡收眼底，稱讚這幅風景會博得十三的歡心。

然而，從會客室窗戶所見的景色意外平庸，外頭是鋪著青翠草皮，季節花朵高傲綻放的寬敞庭園，但是很遺憾並非絕景。

「害您失望吧？」櫻像是看透流平內心。「遼闊大海明明就在前方，從這裡卻看不到海。」

「是啊。」流平點頭回應：「原來如此，鳥之岬的鳥喙部位剛好擋住。」

窗外地表隆起如同小山丘，實際上不是山丘，是海角前端，爬上去是高聳懸崖，大海就在懸崖前方。

「唔～難得在這個眺望風景的制高點，這樣和森林裡的宅邸沒有兩樣吧……啊，恕我失言！」

流平連忙道歉，他覺得自己終究說過頭了。

「哈哈哈！」十三沒有生氣。「你說得沒錯，我原本的夢想就是在那個鳥喙蓋房子，但是找遍所有建商都沒能如願。地基不穩簡直像是浮在空中的那塊地，實在沒辦法蓋房子。真要蓋的話只會害鳥喙折斷，頂多只能蓋一間小別館，我就這麼蓋了。」

流平回想起來，剛才從馬背海岸眺望鳥之岬時，鳥喙位置有間小平房。

「你看，山丘那邊有道圍籬與一扇小門吧，那裡就是別館入口。」

確實看得到小門，那扇門和流平等人所在的主館以一條階梯相連，階梯兩側是陡坡，一般人無法攀爬。

「別館叫做飛魚亭，不過只是一間小屋子。」

「飛魚亭啊，好時尚的名字。」

從主館看不見別館建築，只看得見門。進門當然就是飛魚亭，而且從飛魚亭肯定能將大海與海岸線盡收眼底。

「那麼，請問庭園外面那間民宅是什麼？」

那間建築物位於面對階梯的右手邊，隱藏在低矮樹叢後方，洋溢著清幽風情。

「那是幫傭宿舍，佐野夫婦住在那裡，畢竟他們也需要地方住。」

從剛才就只提到佐野夫婦，但應該還有其他家人住在這裡。

「話說回來，請問還有誰住在這間宅邸？我好像只看到你們兩位……」

「除了我與爺爺，就只有我父母住這裡。家父很晚才會回來，家母大概是出門買東西，不過因為住在這種地方，買點東西就要花費半小時以上。」

看來今天很難拜會櫻的父母。

「請問……令尊果然任職於十乘寺食品？」

「是的，是社長。爺爺是會長，父親是社長。」

果然如此，所以櫻是社長千金，和她維持良好交情，或許會發生很好的事。

「櫻的父親是我兒子，叫做十乘寺……」

十三說到這裡暫時停頓，並且咧嘴一笑。流平有點緊張，他是把愛犬命名為魷魚乾的人，擁有這種取名品味的他，究竟會為長子取什麼名字？流平即使是局外人依然在意。

十三停頓好一陣子之後緩緩說：

「十乘寺……十一，這是我長子的名字，他總是很晚回家。」

「……」

流平在腦中迅速切換漢字，充一、柔一、銃壹、住市，不對，不可能是這樣。（註6）

「十乘寺十一先生啊，原來如此，十三先生的兒子是十一先生，真好懂。」

實際上確實很好懂，十乘寺十三把兒子取名為十乘寺十一，流平覺得這種取名品味果然很怪，總之勉強在可以接受的範圍之內，至少比烏賊夫或鰯之助好得多。

流平順便向櫻請教母親的名字，得到的答案是「道子」，女方名字果然很平凡，流平莫名鬆了口氣。

「櫻小姐是獨生女？沒有兄弟姊妹？」

「嗯，櫻是獨生女，十一與道子沒生兒子，要說困擾也確實很困擾……哎，這種事對你說也沒用。」

十三中斷這個話題，但流平大致知道他所說的「困擾」是什麼事，簡單來說就是十乘寺家沒有繼承人。

「對了，不提這個，戶村，差不多該聽你說了。記得你剛才說你是『名偵探的徒

註6　這些名字在日文都和「十一」音同。

弟』，這是真的？」

流平確實說過自己是「偵探的助手」，十三卻修改為「偵探的徒弟」，如今終於變成「名偵探的徒弟」，就像是某些隨著成長會改變稱呼的魚。

「我啊，一直認為名偵探只存在於小說，現實世界真的有這種名偵探？」

「這個嘛……總之，真要說的話，算是有吧。」

如果鵜飼偵探能稱為「名偵探」，那就是有。

「既然這樣，果然就是單手拿著菸斗推理殺人凶手，或是抓著鳥窩頭破解密室詭計……像是這樣的名偵探？」

櫻腦中的「名偵探」形象相當復古，肯定是好人。

「慢著，櫻，可是……」十三困惑搔了搔腦袋。「現實世界的偵探，不會參與密室命案或連續殺人這種重大案件的搜查，主要從事更平凡的工作，例如找人或徵信之類的，戶村，沒錯吧？」

「呃，總之，這個嘛……」

流平差點就點頭回應，但是這樣將會冷場，無法履行受邀者的義務！

何況要是沒有「名偵探」，就不會有「名偵探的徒弟」，這時候即使要稍微加油添醋，還是得宣稱名偵探存在於世間，這正是自己這個「名偵探的徒弟」的使命。

因此，流平立刻更改態度。

「名偵探確有其事，我師父鵜飼無疑就是名偵探。」

天啊～！居然昧著良心如此放話，怎麼會這樣！

流平立刻後悔，但是覆水難收，既然斷言就只能堅持下去。

「不久之前也發生這樣的案件。」流平述說自己面臨的悲慘事件。「某個倒楣大學生……就稱呼他『某R』吧，某R和一具屍體關在家庭劇院的密室，任何人看到這種狀況，只會覺得凶手是某R，警察當然也立刻認定某R涉有重嫌拚命找他。後來某R求助的對象是誰？正是我們的名偵探鵜飼杜夫，而且鵜飼偵探漂亮解開密室之謎，將意外的真相公諸於世，兩位想聽詳情嗎？」

流平這番話，使得十三與櫻都探出上半身。

沒辦法了，就當成咖啡的回禮講一遍吧，流平下定決心之後開始述說。

經過流平一個多小時的述說，度過災難之夜的倒楣大學生某R，順利證明自己的清白，事件圓滿收場。幸好十三與櫻看起來都聽得很開心，流平也很有面子。

「好有趣！甚至不敢相信這是真人真事，爺爺，您說是吧？」

「一點都沒錯，簡直是小說。而且你講得真好，就像是親身經歷。」

實際上，這正是流平的親身經歷，所以沒什麼好訝異。

「您客氣了，我不算講得很好。」

沒有自知之明的「某R」有點害羞，櫻繼續亢奮地說：

「不過，這位某R先生真的好倒楣，應該說莫名造成大家的困擾。簡單來說，要是這位某R先生什麼都不做，根本就不會發生任何事。」

「呃，確、確實如此，櫻小姐果然也這麼認為？」

完全被說到痛處的「某R」心情立刻消沉。沒錯，反正自己不存在比較好，肯定如此。

「我、我差不多該走了，感謝兩位招待咖啡。」

流平婉拒兩人的慰留，離開十乘寺宅邸。

第六章　美女與偵探

這天是櫻花盛開的四月三日，鵜飼偵探與戶村流平造訪馬背海岸約一週後。

名為二宮朱美的年輕女性，忽然來到鵜飼杜夫偵探事務所前面。這幅光景理所當然該解釋為「某個女性面臨問題，幾經煩惱之後決定尋求偵探協助」，再怎麼樣都不可以推測她是「前來宣揚新興宗教」。

事實上，二宮朱美看了招牌上「WELCOME TROUBLE」的標語一眼，就大幅點頭伸手按門鈴，朝著打開一道門縫，戰戰兢兢探出頭的鵜飼偵探這麼說：

「我想來拜託一件事，我遭遇天大的困難，無論如何非得找您商量，拜託您。」

朱美暗自向心中的公平正義確定自己沒說謊，一無所知的鵜飼杜夫，展露最親切的表情開門。

「請進請進，歡迎光臨，鵜飼杜夫偵探事務所的宗旨是『歡迎麻煩事』，受理客人們的各種委託，尤其這次能得到您這樣的美麗女性青睞，本偵探事務所感到榮幸無比。來，請往這裡。」

偵探邀請二宮朱美坐在窗邊的扶手椅，接著走向深處廚房，像是講藉口般說：

「我立刻泡茶，好巧不巧，我的助手剛好出門，不過那個助手沒什麼用，哈哈哈。」

簡單來說，偵探得自己準備茶水，朱美覺得這間事務所挺蕭條的，職員只有一人還是兩人？無論如何都是超小型公司。偵探所說「受理客人們的各種委託」這番話，讓人聯想到生意興隆的光景，但真實程度令人起疑。何況百分百的真相在世間本來就罕見，貧窮偵探的說詞更是如此，朱美覺得唯一可信的只有「您這樣的美麗女性」這段話，這應該是出自真心。

茶水端上桌之後，二宮朱美與鵜飼杜夫隔著小桌子相對而坐，或許該說不愧是偵探，鵜飼立刻這麼說：

「唔，記得好像在哪裡見過您……」

「哎呀，是嗎？」

朱美姑且試著裝傻，但偵探說的沒錯，朱美確實見過偵探一次。

原因在於朱美不久之前，是「白波莊」這間老舊公寓的年輕房東，然而以大學生戶村流平為中心的不堪回首命案，就是以這間白波莊為舞臺，當時在門邊修理機車的朱美，被偽裝成刑警的鵜飼問訊，不曉得偵探是否記得這件事。

「啊啊，我想起來了。」鵜飼輕拍雙手。「記得在白波莊見過您吧？」

叮咚！朱美心中響起猜對的鈴聲。

「記得您當時在門邊弄壞機車！」

「是『修理』機車。」朱美心中響起猜錯的警告聲。

「對對對，是修理機車，所以修好了？」

「壞……壞掉了。」

「真遺憾！」

這是在瞧不起人？偵探的態度令她難以釋懷。

「記得您叫做……二宮小姐，是二宮朱美小姐吧？」

「哇，您居然連名字都記得，真榮幸。」

「年齡二十四歲，單身。」

「哇，您居然連這種事都記得。」真噁心，超噁心的。

「嗯嗯，我懂了。」鵜飼擅自說起：「我對那個案件也是印象很深，也自負在破案過程貢獻些許心力，身為該案件關係人的您聽到我的風評，所以這次想找我解決您自身的問題，我沒說錯吧？」

說錯了……朱美覺得要是能夠當場否定肯定很痛快，但是一一訂正或修正對方的話語很麻煩，因此朱美面帶微笑如此回應：

「您說得一點都沒錯。」

「果然如此，所以是什麼樣的問題？調查男友外遇？還是尋找離家出走的愛犬？或者是有個恐怖的男性纏著您，希望我幫忙處理？」

看來這個偵探平常都是處理這種委託，朱美對這一行挺感興趣，但這種事對她不重要。

「不，我想商量的是更單純的問題。」朱美以輕鬆的語氣回應：「是關於我的生意，也就是金錢方面的問題。簡單來說，和我正式簽約的人，無論如何都不肯按照合約付錢，這樣您明白嗎？」

「原來如此，原來如此，我非常明白。」偵探用力點頭。「這麼說來，二宮朱美小姐的生意，記得是……我想想，記得您之前是白波莊的房東？我聽砂川警部說過這件事。」

「是的，您說得沒錯，不過白波莊在那個案件之後就拆掉了。」

「啊啊，原來如此，那您現在的工作是？」

「房東。」

「房東？」

「是的。」

「哪裡的房東？」

「這裡。」

朱美以右手食指指著「這裡」。

「……」

經過短暫沉默，兩人的態度同時驟變。

「這這這這這這裡的房東！」鵜飼的聲音尖得可憐。「您在開玩笑吧？」

「怎麼可能是開玩笑。」朱美抵著嘴角呵呵笑。「你以為我會為了開玩笑搬來這裡？你是笨蛋嗎？」

「搬來？」鵜飼暫時不追究自己被叫做笨蛋，將視線移向天花板。「等一下，冒昧請教一件事，這棟大廈的管理員是一位個性很好的阿伯，就住在我樓上，但他不久之前被開除了，難道是妳……」

「沒錯。」朱美緩緩點頭。「是我請他離開的，房客們繳房租的狀況太差，我覺得不能繼續交給別人處理，所以現在是我住在這間樓上。我是房東二宮朱美，我這個房東可不是受雇的房東，是貨真價實的大廈持有人，別誤會了，今後請多指教。」

「太過分了吧，那位阿伯人很好，妳卻開除他！」

「這種說法是怎樣！」朱美完全不讓步。「對委託人可以講這種話？」

「妳……妳哪裡是委託人，妳有委託我什麼事嗎？」

「哎呀，你明明知道的。」朱美嫣然一笑。「我今天前來是想拜託一件事，無論如何非得找你商量，拜託你！」

「什麼事？」

「這間事務所共十二個月的租金，請現在當場完全繳清，一毛錢都不能少！」

「嗚哇～！」

鵜飼杜夫誇張做出驚訝的樣子，但是以朱美的立場，這種事清楚至極，依照前管理員的帳簿，鵜飼杜夫偵探事務所最後一次繳錢是在一年前。無論是完全置之不理的前管理人被追究責任而開除，或是朱美這個房東以新管理員的身分直接前來交涉，都是必然發生的事，沒什麼好驚訝的，應該驚訝的反倒是這個問題的核心人物——偵探的態度。

他啞口無言片刻，接著裝蒜說出這種話：

「十、十二個月，不就是幾乎一年份了！」

「什麼叫做『幾乎一年份』啊！」朱美用力拍打桌角回應：「十二個月是『整整一年份』！」

「可、可是，到底是什麼時候欠下整整一年份……」

「還問我什麼時候，當然是整整一年啊？」

「順便請教一下，多少錢？租金乘以十二是多少？」

「一百二十萬圓，你連十乘以十二的心算都不會？」

「不，我不是不會心算……原來如此，一百二十萬啊，大約一百萬。」

「一百二十萬就是一百二十萬，請不要擅自四捨五入。」

「明白了。」偵探率直點頭，看來沒有反駁的力氣。「下個月肯定會繳。」

這個男的是笨蛋？還是在瞧不起我？朱美當然不會接受他的說法。

「我問你，至今欠一年沒繳房租的人，說他下個月一定會繳，房東哪可能乖乖同意並且罷休？」

「哎，應該不可能。」偵探像是看開般躺在椅子上。「那我想請教一下，我該怎麼做？我沒辦法現在當場準備一百二十萬圓，這一點千真萬確，絕對不可能準備！以此為前提，我該怎麼做？」

這麼充滿自信斷言繳不出房租，這個人真丟臉。但這是事實，所以也無計可施，朱美覺得自己挺心軟的，就提出這時候常用的條件試圖解決吧。

「沒辦法了，總之，我也沒有狠心到這種程度……」

二宮朱美是十足的房東個性，隨口就說得出這種話，換句話說，她和一般年輕粉領族的歷練完全不同。

「總之，這個月的房租在月底前繳清，至今所欠房租累積的利息也要一起繳，這樣我就讓步。」

「這太亂來了，要我的命啊……」

這樣哪裡亂來？哪裡算是要人命？

「區區一百二十萬圓的小錢，不要這樣就講什麼死活問題啦，真丟臉。」

朱美斷言一百二十萬圓是「小錢」，偵探在她面前只能沉默。

此時，門鈴聲打破沉默。

「哎呀，似乎有客人上門了，不用應門？」

偵探就這麼坐著恍神，無法從打擊之中恢復，他的精神狀況無法正常應付客人，要是寶貴的客人因而離開，將是偵探的一大損失。對於期望減少不良債權的朱美來說，這是很嚴重的事，因此朱美代替偵探迎接客人，她判斷自己有這個資格。

「請進，門沒鎖。」

如同在等待這聲回應，一名穿著體面的老翁開門進入事務所，年齡約七十歲，肯定年事已高，背脊卻打得筆直充滿威嚴。身上衣物都是高檔貨，而且老人很習慣這身打扮，朱美瞬間看出他肯定是自己的同類，也就是會斷言一百二十萬圓是小錢的人。

「請問這裡是鵜飼杜夫偵探事務所吧？」

聲音不同於年齡，很有張力。

「是的，這裡是鵜飼杜夫偵探事務所，那個……」朱美維持坐姿，在桌子底下朝依然恍神的鵜飼偵探猛踹一腳。「這位是偵探鵜飼，但他現在剛好處於沒油狀態。」

「喔，身體欠佳嗎？真遺憾，我原本想藉這個機會，委託烏賊川市最高明的名偵探一件任務……」

「呃，名偵探？」

「這間事務所沒有『名偵探』這句話，即將從朱美老實的口中說出來的瞬間，鵜飼忽然起身，以最初迎接朱美入內的親切態度，向老人伸出右手。

「我是鵜飼杜夫，很高興迎接您這樣的紳士作客，請多指教。」

「我是十乘寺十三。」老人講得有點結巴。「能見到真正的名偵探，我也覺得很榮幸。」

兩人右手緊緊相握，朱美不由得以視線尋找這裡到底哪裡有「真正的名偵探」。確認這間事務所只有一名偵探之後束手無策，眼前的紳士肯定是受騙上當，才會來到這間事務所，目睹可憐的老翁令她心痛。

名為十乘寺十三的老紳士，沒察覺朱美的想法繼續說下去。

「其實我前幾天偶然認識您的徒弟，和他喝咖啡聊了一陣子，真的聊得很開心，也因此得知您的大名。」

「唔，原來如此，徒弟啊……」偵探表情一沉。「請問……是哪個徒弟？」

「戶村流平。」

「啊啊，他嗎？」偵探這次煞有其事輕敲手心。「他啊，沒錯沒錯，他正是我的頭號徒弟。」

原來戶村流平成為偵探的徒弟？朱美感到意外。

「那麼，這位小姐難道是……」

「啊，她嗎？是的，當然沒錯。」鵜飼看著朱美點頭。「她是我的二號徒弟。」

這完全是謊言，神經究竟要多大條，才說得出這麼大膽的謊言？旁邊的朱美理所當然無言以對，但是現在拆穿偵探的虛榮心，對朱美來說毫無好處，何況眼前這位老紳士會向偵探提出何種委託，朱美也頗感興趣。

因此，朱美決定配合鵜飼的謊言（應該說虛榮）。

「我是二號徒弟二宮朱美～」

這樣打招呼沒問題嗎？朱美沒什麼自信，畢竟她從來沒在別人底下工作，至今只在撿垃圾時會在別人面前低頭，完全不會接待客人。

「喔喔，朱美小姐啊，這位徒弟挺漂亮的。」

「大家都這麼說～」

「妳的職責類似鵜飼偵探的祕書？」

「並不是！」朱美只在瞬間露出嚴肅表情。

「啊？」

「不，不是您想的那樣。」朱美連忙改口：「我比起祕書更像是經紀人，例如支付每個月的房租，不過最近都沒繳就是了。」

「朱、朱、朱美小姐，那個……」偵探終究不能繼續旁觀，所以從旁插嘴。「哈哈哈，不好意思，可以麻煩端茶給客人嗎？」

「端茶？」朱美表情再度嚴肅。「為什麼是我？」

「還問為什麼，喂！」

「怎樣？」

「拜、拜託啦，朱美小姐，這時候暫時配合一下。」

「哎，只是端茶就無妨。」

沒辦法，就幫忙泡個茶，表現出二號徒弟該有的樣子吧。朱美簡單向老紳士致意之後前往廚房，只有耳朵依然專注聆聽兩人的對話。

「我從戶村那裡聽到您的豐功偉業。」十乘寺十三靜靜述說：「他斷言名偵探存在於現實世界。」

「這樣啊，總之，我沒辦法判斷自己是不是名偵探。不過，最近剛發生一件事，有

第七章　槍聲尚未響起

總之，無論經緯為何，私家偵探鵜飼杜夫同時受託調查三個人，這是相當辛苦的任務。如果由三名調查員分別解決就算不了什麼，但是這間小小的偵探事務所做不到這種事，這是難以承受的現狀，畢竟鵜飼杜夫偵探事務所，是只有鵜飼經營的個人事務所。

因此，這裡基本上沒有分工合作的概念，就算有，也只是找個合適人選臨時交付任務。所謂的「合適人選」之前是金藏，現在則是戶村流平。

就這樣，鵜飼想把一些工作外包給流平，但是天不從人願……更正，是房東不從人願。

房東說：「所謂的外包，就是把難得接到的工作轉給別人吧，絕對不行！難得接到三件委託，三件都要由你負責，這麼一來，十乘寺的老爺子是富翁，在支付報酬與成本費用時，肯定會多給一點，這樣就能開啟你的還債之路。」

「慢著，理論上是這樣沒錯，可是工作有三個，身體只有一個……」

「胡亂外包是自殺行為！給我好～好記住這一點。」

接著，朱美稍微溫柔追加這句話。

「總之，送佛送到西，我也稍微幫你吧。」

就這樣，鵜飼以接下來約一個月的時間，應付這場嚴苛的戰鬥，沒有任何人知道他在這段期間如何度過每一天，而且也不能知道。

就這樣來到五月一日，對這件事一無所知，久違地來到鵜飼事務所的戶村流平，對偵探憔悴至極的樣子感到愕然，到底發生了什麼事？記得最後一次見到鵜飼，是發現金藏屍體的那一天，也就是三月下半旬，在那之後一個多月的時間，鵜飼究竟發生什麼事？流平迅速掃視事務所內的狀況。

各種文件散落一地，手冊與筆記本開著沒收好，桌上的文書處理機沒關機，揉皺的紙團凌亂棄置，感覺像是在趕工整理資料，喔喔，難道這是……！

「鵜、鵜飼先生，想必你是在工作吧！」

「呼，呼呼呼呼呼呼呼……」鵜飼說出無數個「呼」之後抬起頭。「嗯，沒錯，這一個月的奮戰，我甚至沒辦法用這顆疲憊的大腦想出正確的話語形容，總之就是站哨又站哨、跟蹤又跟蹤、查訪又查訪，然後竊聽又竊聽、熬夜又熬夜，不曉得至今想要放棄多少次，但我終於完成三件徵信委託，你、你看！這就是報告書！」

「咦咦！」流平驚訝到微微後退。「徵信？而且三件？親自處理？你不是很討厭嗎？為什麼？」

「以這個人的狀況，沒辦法挑剔工作。」

忽然響起一個年輕女性的聲音，流平未曾在這間事務所聽到這種聲音，所以他跳起來轉過身去。不知何時，通往廚房的入口旁邊站著一名女性，是年約二十四、五歲的美女，光是這樣就令流平驚訝，但是更驚訝的是，他對女性的長相有印象。

「記、記得妳之前在白波莊……」

「沒錯。」

「弄壞機車……」

「我是在『修理』！」

「修好了？」

「壞了！」

她的表情懊悔扭曲，扭曲的臉蛋也很標緻，美女好處真多。

「總之，我是二宮朱美。」她自報姓名。「你就是自稱『名偵探的徒弟』的戶村流平吧，果然和你師父很像，比方說這種消遣美女的品味。」

「我確實是戶村流平，不過『名偵探的徒弟』是誰？」

「還會是誰，不就是你？」

「是嗎？這麼說來，好像曾經有人這樣稱呼我……」

以流平的記憶力，一個月前的事情幾乎全部埋葬在遺忘的角落，他的記憶力只有這種程度。

「算了，這種事不重要。」

非常健忘，而且忘掉就不會執著，這是流平的特徵；但他旁邊的某人無法不執著，那就是鵜飼杜夫。

「開、開什麼玩笑啊啊啊啊！」鵜飼撲向流平，揪起他的衣領大喊：「你在十乘寺家的老爺子面前自稱『名偵探的徒弟』吧！那個老爺子因此委託我三件工作，託、託、託福我這個月站哨又站哨、跟蹤又跟蹤，嗚嗚……」

「呃，知道了知道了，用不著哭吧？」

「嗚嗚，竊聽又竊聽、熬夜又熬夜……啊啊，好睏。」

落淚的鵜飼講到這裡，回想起自己睡眠不足，忽然收起憤怒的矛頭，慢吞吞走向會客沙發，像是玩具機器人跌倒般筆直倒下。

「抱歉，讓我睡一小時就好，然後就，準備，出發，到，鳥，之，岬……」

鵜飼說到這裡終於沒電，再來只聽到偵探意外安靜的熟睡聲。

沒見過鵜飼如此疲憊的流平，由於沒有其他人能問，總之先向二宮朱美打聽。

「鵜飼先生為什麼努力成這樣？他平常明明不工作……」

「因為欠房租沒繳。」

「這樣啊，欠多少？」

「十二個月。」

「嗚哇～！十二個月，不就是幾乎一年份了！」

「唔～是啊～」二宮朱美困惑搔了搔頭。「不是『幾乎』，是『整整一年份』，不過跟你們師徒倆怎麼講都沒用吧。」

大約一小時後，鵜飼杜夫與戶村流平這對「怎麼講都沒用」的師徒倆坐上車，離開市區輕快前往馬背海岸。

季節是春天、天氣是晴天、風是微風、車是雷諾，「開車送睡眠不足的偵探前往烏之岬的十乘寺宅邸」是唯一不太亮眼的情境，但流平覺得這是舒適的兜風之旅。

「帶朱美小姐一起去不是很好嗎？」操作方向盤的流平，對副駕駛座的鵜飼說：「她是『二號徒弟』吧？至少在十乘寺家老爺子面前是這樣，那就沒問題吧？」

「『二號徒弟』是我隨口胡謅的，我不可能帶她去。」

「但她確實幫忙製作這次的報告吧？比方說影印、打字或整理資料。」

「是啊。」鵜飼在副駕駛座微微點頭。「你真清楚，為什麼會知道？」

「鵜飼先生睡著的時候，我從她那裡得知事情經過。」

到頭來，流平造訪鵜飼事務所時，朱美就已經待在裡面，所以兩人的合作關係顯而易見，不只是房東與房客的關係。如果她真的盡到助手職責，那她應該也有資格前往十乘寺宅邸，而且這樣在兜風時也可以增色。

「但是不可能，絕對不行。」

「為什麼？」

其中究竟有何種理由？流平緊張起來。

「要是做這種事，她會發現停車場這輛罕見進口車是我的。」

原來如此，是這麼回事啊，流平放鬆下來。

「只有這件事絕對要避免，仔細想想，我欠下一百二十萬圓房租沒繳，背地裡卻開雷諾到處跑，要是她知道這件事……啊啊，好恐怖。」

「她大概會轟你出去吧。」

「恐怕如此，換句話說，這是鵜飼事務所的存亡危機，是可能流落街頭的緊要關頭。」

「別買雷諾不就好了？」

「不，我沒想過這種事。」

他沒想過這種事，令流平覺得他認知能力不足，應該說缺乏危機管理能力，是容易重蹈覆轍的類型。

載著兩人的雷諾，來到馬背海岸的沿岸道路，前方有一座像是抬頭鳥的海角，十乘寺宅邸就在眼前。

「那裡就是鳥之岬。」

「唔～搞不懂有錢人為什麼把家蓋在那種海角前端，哎，不管了，鳥之岬啊……這名字取得真直接。」

偵探抱怨海角名稱時，車子轉進小路，開始朝著海角前端爬坡，穿越小小森林裡的單行道，抵達十乘寺宅邸的正門。

上次造訪時緊閉的門，今天不知為何完全開啟，也沒有人守門，門戶大開到令人擔心是否會遭小偷。不過偏遠地區的宅邸大概都是這樣吧，流平未經任何人許可，擅自把車子開進門後，直接前往停車場，在他停好車要下車時……

「啊，等一下。」鵜飼察覺一件重要事情叫住他。「你在這裡變裝再下車。」

「變裝？為什麼？」

「住在這裡的人見過你吧？而且把你當成『名偵探的徒弟』，所以這裡的人看到我們時，輕易就能推測我是『名偵探』。除非是在委託人面前，否則偵探一定要偽裝成普通人，就是這麼回事。」

「原來如此。」這種說法姑且能接受。「但我沒有變裝道具啊？」

「不用擔心，我有。」
鵜飼說完從後座拉來一個包包遞給流平。看向包包，裡面真的什麼都有，眼鏡、假鬍子、假鼻子、假髮、帽子、飾品、化妝品等等，有這些道具，想即興演一齣短劇也肯定沒問題。
流平以無度數眼鏡與鴨舌帽（說到偵探果然是這兩樣）完成變裝。
總算下車一看，停車場已經停放五輛自用車，先不提兩輛黑頭車，另外三輛怎麼看都不像是十乘寺家的車，雖然都是值得注目的進口車，但無論是車種、顏色或年份都不一致。
「總覺得訪客好多。」
「唔，啊啊……」鵜飼斜眼看著停車場的三輛進口車。「是櫻小姐的夫婿候選人，看來三人都到了，對喔，剛好是黃金週假期，他們齊聚於十乘寺宅邸也不奇怪。」
「你怎麼知道是那三個人？」
「當然知道，我這個月密切調查他們，甚至記得他們三人的車牌號碼。」
鵜飼把手靠在車頂迅速說明。
「有一輛銀色的福特吧？那是神崎隆二這個少爺的車，他父親是神崎隆太郎，知道嗎？在烏賊川市漁會擔任兩屆會長，然後參選市議員成功，傳聞今後要進軍國會競選議員的傳奇人物。隆二就是他的二兒子，現年二十五歲，雖然留級一年重考一年，吃過苦頭之後還是考上東京一流大學，去年回到這裡，靠家長門路進入烏賊川信用金庫（這名字聽起來沒什麼信用）任職，不過他是否認真工作就有待商榷。老實說他應該想拿家裡的錢玩樂吧，實際上家長也提供不少金援，否則在信用金庫工作一年的年輕人，不可能開福特到處跑。」

「哇～」

「然後有一輛黃色的保時捷吧？那是升村光二郎這個少爺的車，你知道連鎖居酒屋『升村』吧？自從在烏賊川市開第一間店，就以便宜價格、優勢地段與巧妙宣傳為武器擴增店面，現在有六間店，接下來似乎要進軍新橫濱，稱霸關東應該不是夢想。升村光二郎就是升村家的二兒子，現年二十六歲，大學畢業就進入家裡公司，以二兒子身分立刻接手一間店，讓這間店的業績突飛猛進，似乎很有生意頭腦。不過他的大哥生意頭腦同樣優秀，所以光二郎的立場很微妙。」

「喔～」

「然後有一輛紅色的福斯吧？那是田野上秀樹這個少爺的車，這你肯定知道，烏賊川市立大學裡，有個叫做田野上秀彥的經濟學教授吧？你不知道？真是的，看來你完全不知道教授的長相與名字……他是下一屆校長候選人。這位田野上教授的三兒子就是田野上秀樹，現年二十七歲，在三人之中年紀最大，畢業於大阪的經濟研究所，現在是烏賊川市大經濟學系的講師。你應該不知道，他在經濟學系是很受歡迎的講師，不過他將來並不是想和父親一樣成為學者，感覺像是經濟不景氣，畢業生難找工作，所以利用家長門路爭取到大學講師的工作。」

「這樣啊～」

「然後有一輛青色的雷諾。」偵探輕拍自己愛車的車頂。「是鵜飼杜夫這個名偵探的車，怎麼樣，不輸給他們吧！」

「呃……」但流平覺得也沒贏他們。

「嗯，雷諾果然是必需品，比房租重要！」

鵜飼大概沒察覺，他這番話就像是把象棋的「車」看得比「將」重要。

介紹完三名夫婿候選人之後，鵜飼指向白色宅邸。

「那就走吧。不，等一下，依照偵探準則，這種時候必須走後門，避免見到那三個人才對，嗯，繞到後面吧。」

鵜飼拿著報告書，帶領流平繞到另一側的後門，雖說是後門，但不愧是有錢人的宅邸，規模和一般民宅的大門差不多。門後似乎是廚房，佐野管家的太太友子應該在準備晚餐。

鵜飼毫不客氣連續按兩三次門鈴，門後隨即傳來鬧哄哄的熱鬧聲音，門以異常強勁的力道打開。

「歡迎！」

「哪位？」

「有何貴幹？」

難怪門會迅速開啟，因為三名二十多歲的年輕男性同時開門，怎麼看都是那三名夫婿候選人，看來偵探準則造成反效果了，而且是完全相反的效果。

「啊，呃，唔，那個……」

鵜飼僵在原地支支吾吾，他在這種狀況總不能介紹「我是偵探」，流平再度緊張注視偵探要如何度過這道難關。

「各、各位好，我是三河屋的店員，府、府上訂的東西送來了……哈哈。」

流平再度放鬆，偵探意外不擅長臨時說謊。

「三河屋？我沒聽過這間店。」

一名女性從三名男性之間探頭，她年約三十，身穿樸素的圍裙，是負責十乘寺家三餐的佐野友子，未施脂粉的臉滿是懷疑的表情，她肯定第一次看見身穿西裝抱著牛皮紙袋的「三河屋」店員。

「到底是什麼東西？我不記得訂過東西啊？」

「這個嘛，得向十乘寺老爺確認才行，我不清楚。」

流平心想，世界上不可能有這麼隨便的生意人。連他都這麼認為，三名夫婿候選人當然覺得可疑。

「不太對勁！」「不可以被騙！」「趕走他吧！」

「說得也是。」友子思索片刻之後，忽然揚起視線下令：「這兩個傢伙很可疑！老公，轟他們出去！」

既然幫傭友子是以「老公」下令，對方肯定是管家佐野，記得佐野是待過業餘摔角社的高手……

想到這裡的瞬間，響起「交給我吧！」這個孔武有力的聲音，十乘寺家的「奧伯」進逼到他們身後。

流平還沒轉身，就和鵜飼一起從後方被勒住脖子。流平一時之間不曉得發生什麼事，不經意看向旁邊，鵜飼被佐野木棒粗的右手鎖喉，如今翻白眼臉色蒼白，看來流平同樣被佐野的左手鎖喉。換句話說，佐野就像是雙手各抱一顆西瓜，勒住他們兩人的脖子。

該怎麼說，簡直是雙人組的弱小摔角手任憑魁梧摔角手擺布，開什麼玩笑！流平瞬間點燃鬥志。

「唔喔喔喔喔喔！」流平絞盡力氣大喊：「我不是你的沙包！」

不曉得是被「沙包」發言嚇到還是時機恰好，總之流平的腦袋鑽出佐野的左手逃離成功，流平立刻嘗試反擊，正準備施展掃堂腿的時候，救星出現了。

十乘寺十三聽到騷動聲趕來。

「啊啊，那個人沒關係，是我找來的客人，佐野，放開他，然後帶他到會客室。不，在這之前……」

十三看著癱倒在後門水泥地的鵜飼，向佐野下令。

「看來這個人昏迷了，幫他『振作』一下。」

鵜飼與流平在友子帶領之下來到會客室，香氣典雅的咖啡與西點立刻端到他們面前，這裡的當家十乘寺十三果然擁有強大權力，無論是偵探還是三河屋店員，只要是他的客人都會受到頂級款待。

「但我實在搞不懂。」鵜飼似乎還在恍惚。「我為什麼是三河屋店員？」

「是鵜飼先生自己說的。」
「我為什麼非得昏迷？」
「我哪知道？」
「我快昏迷的時候，好像聽到『沙包』之類的字眼……」
「你聽錯了，那是幻聽。」
流平裝傻享用咖啡，十三還沒來，要密談得趁現在。
「話說鵜飼先生，剛才在後門的三人，確定是夫婿候選人吧？」
「沒錯，但我沒預料到那三人會在廚房幫友子小姐下廚。」
「這時代的新郎官也要具備廚藝？」
「不，他們不是會下廚的人，只是想爭取好印象吧，他們都拚命想成為十乘寺家的女婿。」
「話說回來，議員的二兒子二十五歲、居酒屋連鎖企業老闆的二兒子二十六歲、教授的三兒子二十七歲，男方這年紀還可以，但櫻小姐才二十歲，不是急著結婚的年紀吧？」
「說這什麼話，這和年齡無關。」
「是這樣嗎？」

「就是這樣，因為這是政策婚姻。」偵探如此斷言。「櫻小姐是十乘寺家的獨生女，十乘寺十一與道子夫妻沒有生男丁，櫻小姐如你所知不經世事，不是當女社長的料。換句話說，十乘寺家沒有繼承人，所以十乘寺十三先生想招贅家世好的年輕人成為櫻小姐丈夫好好栽培，繼承十乘寺家與十乘寺食品社長的位子。」

「原來如此，所以三人都是家世良好的二兒子或三兒子。」

「就是這麼回事，他們的家世與學歷都無從挑剔，立場上卻不用繼承家業，要是和櫻小姐結為連理，成為十乘寺家的繼承人就能飛黃騰達，難怪他們這麼拚命。」

「所以平常沒下廚也要表現一下。」

「對，何況這件婚事對男方三人家裡也有好處。我剛才說過，神崎隆二的父親想從市議員轉戰國會議員，考量到票源問題，當然務必想爭取十乘寺家的支援，選舉是最能活用親戚關係的場面。」

「原來如此，所以居酒屋『升村』果然也一樣？」

「當然，何況居酒屋『升村』能走低價路線，就是因為全力運用他們和十乘寺食品暨相關企業的交情，要是櫻小姐與升村光二郎的婚事成立，居酒屋『升村』將得到強大的後盾，藉以在激戰的連鎖居酒屋業界存活下來。換句話說，現在一盤三百八十圓的『全隻烤烏賊』，要降價到三百五十圓也不是夢。」

「你在期待什麼？所以最後一位田野上教授的狀況，果然和校長寶座有關？」

「沒錯，田野上秀樹的父親田野上秀彥教授，他想爭取烏賊川市立大學的校長寶座，但我不知道這樣有什麼好處就是了。大學有各種派系，田野上教授現階段的票數不夠，但如果這次能和十乘寺家搭上線就不得了，據說至今反對的幾個教授，肯定會立刻投靠田野上教授，因為最先端的研究需要最先端的技術以及財力支援，懂嗎？」

「我完全不知道……那所大學居然在進行最先端的研究！」

「哎，雖說是最先端研究，或許只是當事人自己認定的。」

流平認為很有可能，這座城市的最先端就是這麼回事。

鵜飼與流平聊到一個段落時，十乘寺十三來到會客室。灰色長褲加深藍色開襟毛衣的穿著，和公園散步的老先生沒什麼兩樣，十三以最恭敬的態度，向偵探與偵探徒弟致意。

「抱歉剛才冒犯兩位了，不過那三個夫婿候選人似乎沒發現你是偵探，算是不幸中的大幸。」

「他們三人怎麼會齊聚一堂？果然是趁著黃金週假期挑女婿？」

「總之，就像是集團相親吧，他們三天前就住在這座宅邸，接下來還會待兩三天，希望櫻能在這段時間決定人選。總之，幸好你的報告趕在這時候完成。」

「那麼，事不宜遲，關於您的委託……」

鵜飼把至今緊緊抱在腋下的牛皮紙袋放在桌上。

「關於細節，您看過這份報告書應該就知道，我簡單報告結論。直截了當來說，您委託我調查孫女三位夫婿候選人現在的異性關係，是吧？」

「嗯，一點都沒錯。」

「很遺憾……不，應該說很幸運，三位看起來都沒有問題，我這個月仔細調查，判斷三人現在都沒有和其他女性交往，要和您孫女交往完全不成問題，詳細調查結果記錄在這份報告書，請您稍後過目。」

「嗯……」十三拿起牛皮紙袋，取出裡面以文書處理機打字列印的資料，大略確認之後滿意點頭。「看來調查得很仔細，很好很好！晚點我再慢慢看。」

十三把報告書收回牛皮紙袋放在旁邊，以和藹的笑容說：

「話說回來，您肚子餓了嗎？」

「肚子？」偵探撫摸該部位。「我肚子隨時都很餓。」

又不是缺食兒童，應該可以用更好的方式回答吧？但流平肯定也餓了，時鐘不知不覺顯示為下午五點半。

「現在用晚餐還有點早，不過應該無妨，這幾天招待三名夫婿候選人，每天晚上都是餐會，雖然終究沒辦法邀請兩位列席，既然有這個機會就吃過飯再走吧，友子小姐的廚藝備受好評，而且還有好酒……」

「恭敬不如從命。」

不會要求在這時候客氣，但至少等對方講完再回應吧？流平如此心想。

接下來的三小時半眨眼即逝。

實際上，三小時半是相當長的時間，但鵜飼與流平這三小時半真的是瞬間即逝。簡單來說，他們在別人家的會客室享受現做料理，看電視轉播中日對廣島的觸身球大戰，以高級葡萄酒喝得醉醺醺，令他們感到幸福無比。無論做的是好事還是壞事，「快樂時光過得特別快」總是正確的理論。

時鐘指針走到晚間九點時，流平感受到尿意而離席。

流平從會客室來到木板走廊，基於酒醉的馬虎個性，毫無根據隨便挑個方向走，這條路當然不是往廁所，走到底是餐廳。在熱鬧聲音的吸引之下，流平隔著門板玻璃觀察室內，剛才的三名夫婿候選人在裡面，一對中年夫妻背對門口和他們相對而坐，應該是十乘寺十一與道子夫妻，三名夫婿候選人乍看是和樂相處，不過這個場面肯定令他們相當緊張。

流平有點同情他們。對喔，他們沒看中日對廣島的觸身球大戰，這是這個球季首屈一指的精彩球賽啊！他的同情終究只有這種程度。

負責供餐的是友子，也看得到佐野在幫忙，但主角十乘寺櫻不在場，自認是「名偵探徒弟」的流平應該稍微思索個中意義。但他放空腦袋沿著走廊回頭找廁所，基於這個原因，他總算找到廁所時撞見剛走出來的櫻，與其說是偶然更像必然。

「哎呀，您是……」櫻一看到流平就驚訝瞪大雙眼。「之前見到的戶村先生吧？居然在這種地方遇見您，真意外，真意外！」

「嗨，嗯，真的很意外。」

流平環視四周，心想怎麼是在「這種地方」，感動的重逢居然在廁所前面的走廊上演。

「妳好，好久不見。」

「我完全不知道戶村先生蒞臨，請問今天有什麼事？」

這個問題很難回答，如果要告訴她正確答案，就是「前來報告妳夫婿候選人的徵信結果」，但他不能這樣回答，而且「有什麼事？當然是來上廁所」這種玩笑話，說給淑女聽也很沒禮貌（即使是事實）。

答不出話的流平，臨機應變做出大膽的回應。他握起櫻的手，展露平常很少使用的珍藏低音。

「問我有什麼事？沒什麼事，我只是想見櫻小姐一面。」

流平在心中輕聲說句「開玩笑的」，櫻當然沒聽見。這個不懂少女心的半吊子，居然說出如此造孽的臺詞，他要不是喝醉當然不會說出這種話，反過來說，他喝醉之後做出什麼事都不奇怪，他酒醉之後犯下的過錯多不可數。

但十乘寺櫻完全不曉得這種事。

「天啊……是來……見我的……哎喲，討厭啦！」

櫻在廁所前面感動片刻，臉頰一下子羞紅，接著轉身迅速跑走，失足摔在長長的走廊上。

「嗯，摔倒的樣子也好可愛。」

流平把手掌舉到額頭高，眺望這幅光景，然後若無其事上廁所。不過她為什麼慌張成那樣？難道把玩笑話當真？哎，算了，反正她看來挺開心的，無論在何時或基於何種狀況，取悅美女都是愉快的事，認真這麼想的流平心情很好。

盡情玩弄少女心的流平回到會客室一看，偵探開著電視躺平熟睡，生疏工作造成的疲勞、工作完成的安心感，又加上吃飽喝足，使得偵探再也不可能戰勝睡魔，這也在所難免。

流平反覆搖晃鵜飼肩膀觀察反應，偵探就只是發出熟睡的呼吸聲。

「真是的，看來得拿槍才叫得醒了。」

流平獨自小酌片刻之後，也跟著偵探一起躺在沙發，他已經完全沒有意識，醉倒的流平和鵜飼一樣很難叫醒。

九點半，十點，十點半，十一點，十一點半……時鐘指針無視於醉倒的偵探們，無聲無息繼續轉動。

槍聲尚未響起，但某些事確實正在這段時間進行。

第八章　飛魚亭命案

事件發生於五月一日晚間十一點五十分，再十分鐘換日的這時候。

這時候的流平，正在夢境裡遼闊的威士忌琥珀海洋溺水。他拚命以狗爬式划水奏效，總算爬上一塊巨大的魚板（？）稍作休息，卻忽然響起爆炸聲，世界天翻地覆，夢中的流平完全不知道這是什麼聲音，即使醒來也一樣。

總之，流平隨著爆炸聲滾落沙發，就這樣趴在地上。他好不容易鞭策因為酒精與睡眠而遲鈍的視覺與聽覺，拚命要確定周遭的狀況，天花板的主燈沒開，只有小小的電燈與窗外灑入的月光朦朧照亮周邊。

「呃……這是哪裡？」流平的知覺麻痺到必須從這件事開始思考。「對喔，這裡是十乘寺宅邸的會客室……！」

流平感受到空氣流動，風中夾雜些許火藥味，令人聯想到夏日煙火，窗戶開著？

這一瞬間，流平啞口無言，半開的窗外有個詭異人影，上半身包著黑色大衣，衣領豎直遮住臉。奇妙的是，在黑暗中浮現的這張白色臉孔，沒有人類應有的表情，不用仔細看就知道對方蒙面。這名詭異的蒙面人，白色臉部兩個洞後的雙眼閃亮瞪向這裡，流平一時之間像是定住般動彈不得。

可疑人物將長袖包覆的右手伸直，從半開窗外拿著黑色物體指向這裡，在流平眼中，這東西確實是手槍。

「嗚咿咿咿咿！饒命啊！」

流平丟臉慘叫，下意識展現超凡技術，維持著趴下的姿勢跳起來，不曉得是不是此舉奏效，白臉怪人沒開槍就離開窗邊消失無蹤。

流平戰戰兢兢起身，提心吊膽探頭到窗外觀察暗處，怪人不在庭院任何地方。

「唔……嘖！這、這、這傢伙跑真快！」

牙齒打顫的流平努力逞強，再度試著叫醒師父。

「鵜飼先生，有沒有看到剛才的蒙面傢伙……鵜飼先生！」

鵜飼躺在另一張沙發上，像是失敗的炸蝦蜷縮身體，發出「咕咕咕咕，咕咕咕」的聲音。

「怎、怎麼了，哪裡出問題嗎？」

「不是出問題，好、好、好痛，可惡，腳好像中槍了。」

「中槍！」

那麼，流平睡夢中聽到的爆炸聲果然是槍聲，而且怪人手中的手槍不是玩具，得知此事的流平再度全身顫抖。

「小心，歹徒或許還在附近！」鵜飼右手按著右腳，左手指著牆。「總、總之，流平，去開燈！」

腳中槍的偵探似乎站不起來，流平立刻依指示跑到牆邊，摸到任何開關都打開，會客室隨即恢復為亮如白晝，連天花板的古董電風扇也開始運轉。

「開電風扇做什麼啊啊啊！」

「就算你這麼說，我又不知道這是什麼開關……」

如此抱怨的流平轉身一看，偵探受傷的右腳映入眼簾。

「鵜飼先生，還好嗎……啊啊，流血了！」

流平衝過來朝傷口伸手，鵜飼激烈抵抗。

「別、別碰，先去叫人過來！」

這確實是優先事項，流平打開會客室的門，探頭看向陰暗走廊。外頭已經有兩個人影各自徘徊焦慮低語，似乎是聽到類似槍聲的爆炸聲衝到走廊，卻找不到槍擊現場是哪個房間。

「這裡，在這裡！」流平大力揮手叫他們過來。

「啊，那裡！」

其中一人發現流平之後跑過來，另一人也跟著來到會客室。先來的是手握高爾夫球桿的中年男性，流平立刻認出他是十乘寺食品社長十乘寺十一，他長得像是十三年輕二十歲的樣子，而且以年齡推測，這座宅邸的中年男性肯定只有十乘寺十一。

另一名男性手持金屬球棒趕過來，是戴著銀框眼鏡的斯文男性，流平知道他是三名夫婿候選人之一。剛開始不知道是哪一人，後來聽十一叫他「田野上」，才知道是教授兒子田野上秀樹，他看到沙發上忍痛的偵探就驚聲一叫。

「你、你不是白天的三河屋店員嗎？」田野上秀樹跑到「三河屋」的店員身旁。「受傷了，怎麼回事？」

「到底是什麼狀況……唔，你是誰？」

十乘寺十一頻頻打量流平，露出質疑的表情。「還有，這個受傷的人是誰？這裡發生什麼事？你快講幾句話吧。」

「那個……我也不太清楚。」

此時，不知道從哪裡傳來的另一個聲音救了流平。

「慢著，他們不是可疑人物，是我找來的偵探與偵探徒弟，那裡的人們小心啊，歹徒可能還躲在附近。」

「唔？」會客室裡的人們面面相覷，這很明顯是十乘寺十三的聲音，但他不在室內，所以是在戶外？

流平、十乘寺十一與田野上秀樹很有默契走到窗邊，朝著半開的窗外探頭一看，十乘寺十三正如預料位於那裡。

十三身穿奢華罩衫，腳踩愛用木屐站在庭院，看起來完全是優雅富豪深夜散步的光景，但他手握的武器和優雅相差甚遠，是步槍。

「呃，父親，不可以這樣。」十一睜大雙眼。「請別拿這麼危險的東西出來。」

「說這什麼話，你也聽到那個聲音吧？那無疑是真槍的槍聲，既然敵人有槍，我們當然也要有，而且我看到了。」

「看到什麼？」

「剛才忽然響起槍聲，我猛然起身慌張往窗外一看，有個詭異的人影穿越庭院，我房間在二樓，和庭院有段距離，但我不會看錯，歹徒正在這座宅邸徘徊。」

「我也看到了。」流平說：「那個可疑人物直到剛才都站在這扇窗外，對方穿冬季衣物，戴白色頭套蒙面，握著一把手槍。」

「那你當時在做什麼？」

「我差點就逮到他，可惜被他逃走。」

流平講得有點誇飾。

「果然如此，可惡，要是出現在我面前，我就能還以顏色了，不提這個……」

十三情緒激動，卻還是記得關心傷患狀態。

「戶村，鵜飼的傷怎麼樣？很嚴重嗎？」

十三詢問流平。

「很、很嚴重，要盡快叫救護車……」應該受「重傷」的鵜飼自行報告：「流平，我、我包包裡有健保卡嗎？沒有的話去幫我拿來！部分負擔比全額負擔好太多了，我應該放在某個抽屜！」

看來他需要的不是救護車，是健保卡，實在不像是「重傷」，太好了，流平鬆了口氣。順帶一提，沒人叫救護車。

這時候，道子與櫻也擔心探頭看向會客室。

「啊啊，道子、櫻，妳們沒事吧？」十一這麼說。

「怎麼了？發生什麼事？」道子擔心詢問丈夫。

「不太清楚。」十一如此回應。「好像有人入侵這裡，開一槍之後逃走，父親有看到歹徒的蹤影，卻不曉得對方為何這麼做。總之大家都在吧？沒其他人受害吧？」

「在場所有人都沒事。」櫻如此回應。

「並、並不是都沒事，這裡有一個人重傷。」鵜飼再度發表意見。

「嗯，先把這名重傷患放在一旁……」十一非常乾脆略過鵜飼，似乎覺得偵探很礙眼。「現在誰不在這裡？升村似乎不在。」

「對，升村不在，神崎也不在。」田野上秀樹說：「他們兩人還在睡？嘖，事情明明鬧得這麼大，真拿他們沒辦法。」

田野上秀樹嘴裡這麼說，內心肯定為這一連串的進展拍手叫好，在這種緊急狀況，他比競爭對手們更早趕到現場，應該出乎意料為他加了不少分，這份滿足感也從他的表情透露出來。

「說到不在……」櫻說：「佐野先生夫妻倆也不在。」

「嗯。」十一點頭回應。「因為他們在幫傭宿舍，我有點擔心。」

「不，應該不用擔心他們。」依然在窗外架著步槍的十三回應：「看，那個光源應該是他們，喂~佐野，友子小姐，這裡這裡！」

流平也看向窗外，從會客室看出去，幫傭宿舍位於通往別館的階梯右側，該區域有個手電筒光源正緩緩接近過來，管家佐野正牽著妻子友子跑來這間主館。

「咦？」流平忽然出聲：「怎麼回事？」

不知為何，佐野與友子在主館遠處就分成兩路，佐野沿著原路往回跑，只有友子氣喘吁吁來到主館會客室窗外的十三身旁。

「喔喔，友子小姐！佐野他怎麼了？發生什麼事？」

「老爺，因為……」身穿睡衣再披上單薄罩衫的友子，一邊喘氣一邊說明：「他說，通往飛魚亭的階梯有個可疑人影，就忽然……」

「什麼？所以他追過去了？真亂來！」

「飛魚亭是……？」流平思考片刻。「啊，海角前端的別館吧？」

流平立刻看向通往別館的階梯，佐野剛好要沿著階梯往上爬，他身穿運動褲加長袖上衣，遠眺也清楚看得出他別具特色的體格。

接著流平思考這座宅邸和飛魚亭的地理關係，自己現在位於稍微往上仰的鳥喙，主館與庭院算是鳥喙根部。另一側是一道階梯，用來通往向上傾斜的鳥喙，階梯頂端有扇小門，門燈照亮四周。走到門後有一間名為飛魚亭的別館，飛魚亭在鳥喙的前端，再過去就是喙尖，是一整面的懸崖絕壁。

這麼一來，要是歹徒爬上階梯，而且佐野發現歹徒追上去，歹徒與佐野很有可能在海角前端對峙。

這樣非常危險，即使魁梧的佐野在肉搏戰有優勢，但對方有槍，一對一的勝負顯而易見。

十三同樣感覺到危險，放聲提醒佐野。

「喂～佐野，小心啊～！」

佐野在階梯中段轉向這裡，微微揮手做出「不要緊」的動作，後來他終於爬到上面抵達門口。

他即將從小小門柱之間走進去的瞬間，當晚第二聲槍響在夜幕中迴盪。

「呀啊！」櫻輕聲尖叫。

接著間不容髮又一槍！

連續兩聲槍響並非來自主館附近，就流平聽來，槍聲清楚來自海面方向。

「果然有人。」十三再度大喊：「佐野，危險啊，那裡有危險，快回來！」

佐野在門前像是僵硬般停頓，但只是一瞬間的事，他立刻重整態勢衝到門後，至此消失在主館眾人的視線範圍。

擔心丈夫安危的友子輕聲尖叫。

「居然會這樣……」十一不禁呻吟。「沒辦法了，既然這樣，我們也過去吧，不能只交給佐野處理。」

到了這個地步，已經不容許片刻猶豫，十一與田野上秀樹到正門穿鞋，流平到後門穿鞋，三人在會客室外面和十三會合成為四人，掌握場中主導權的是體力與地位兼具的十乘寺十一。

「爸，請您留在這裡。」十一阻止這位神情激動的七十歲老人。「然後請借我槍，放心，我知道怎麼開槍。田野上，你負責拿手電筒，好，快出發吧。」

流平沒負責任務，但他當然要去。

田野上秀樹緊握手電筒負責帶頭，十一以雙手拿步槍，在田野上秀樹與流平中間前進。三人像是要甩掉恐懼感，快步跟隨佐野的腳步出發。

他們穿過庭院抵達階梯時，發出今晚第四聲槍響。

這次聽起來和剛才連續兩聲槍響有點不同，聲音來自同樣方向，也就是飛魚亭，但這次的槍聲比較低沉。

總之，三人以第四聲槍聲為契機加快腳步，他們全速衝上階梯，毫不猶豫進門前往深處的飛魚亭，如今流平終於看到目標地點飛魚亭。

正如十三之前所說，是一間小小的平房，不是氣派到足以稱為飛魚亭的建築，頂多算是海角上的休息處或觀景屋。

下一瞬間，三人像是凍結般同時停步。

飛魚亭前方小庭園的正中央處，距離三人約十公尺的位置有個人影，人影單腳跪地，而且在黑暗中聽得到痛苦的喘氣聲。

「是……是誰？」

十一在出聲的同時以步槍瞄準人影，但槍口立刻向下朝著地面，改由田野上秀樹以手電筒照亮對方。

「什……什麼嘛，原來是佐野先生。」

在手電筒的光環之中，所有人都認得出來的壯漢身影，就這麼背對這裡迅速起身，使得趕到現場的三人驚愕，他長袖上衣的左手，手肘以下有一條液體不斷滴落，即使是手電筒不可靠的微弱光線，液體的鮮紅色彩也清晰烙印在三人眼底。

「是血……」流平如此低語。

出血很嚴重，但他依然站著，即使呼吸痛苦卻沒有哭喊，這必須擁有驚異的強壯體魄與精神力才做得到，某個受「重傷」大呼小叫的偵探和他差太多了，不愧曾經是奧運候補選手。

「佐野，還好嗎！」

以十一為首的三人跑向他，但他立刻離開手電筒的探照範圍，蹣跚的身影遠離三人，在飛魚亭邊緣直角轉彎，消失在建築物的另一頭。

這一切都是極短時間發生的事，流平內心感到焦慮，佐野現在的行動，只能解釋為建築物另一頭有某種狀況。

三人理所當然跟著他跑過去，進入小庭園，在建築物邊緣轉彎來到另一頭。

這裡是飛魚亭的小露臺，有兩張面海的躺椅，中間架起大型陽傘，佐野就在陽傘底下，正以雙手扶起一名男性的上半身。

「神崎先生，您、您怎麼了！」

流平看到佐野拚命呼喊，才終於知道躺在地上的是誰，是櫻的三名夫婿候選人之一——神崎隆二。

「神崎先生，神崎先生！」

佐野如同忘記左手痛楚，以雙手搖晃神崎隆二，然而沒有反應，這是當然的。即使以耳朵貼著神崎左胸確定心跳，也完全是無謂之舉，他的左胸流出大量血液，簡直要將周圍染成一片紅。

「死、死了，不過還有體溫……」

十乘寺十一輕觸神崎隆二的手臂與脖子這麼說。

「心臟中槍，看樣子是立刻死亡。」

田野上秀樹以手電筒照亮死者上半身這麼說。

這時候，流平在手電筒燈光之中，發現屍體旁邊地上有個豆點大的黑色焦痕，是彈孔，位置在死者頭部右側，看起來是凶手開槍沒打中留下的痕跡。

「這是命案。」十一說出顯而易見的推論。「佐野，避免繼續碰屍體比較好，畢竟死者再怎麼搖晃也不會復活，何況你手臂也中槍，要快點就醫，否則很危險。好，等我一下。」

十一將露臺與建築物之間的木框大拉門打開，進入飛魚亭大致環視之後，筆直走向牆上的電話。

「唔喔！」

十一忽然跌倒，似乎是絆到東西，由於場面緊張，流平也綳緊身體瞪向地面，某個物體在飛魚亭的昏暗地上蠕動，接著有一半忽然直立，看來是人。

「你、你是誰！凶、凶手嗎！」田野上結巴大喊，將手電筒對準對方。「啊，你不是升村嗎？為什麼會在這種地方？」

從光環浮現的身影，是另一名夫婿候選人——升村光二郎。

「……呃以……素……拿以……」

升村低聲含糊說著，眼神像是腐魚般混濁沒有對焦，不過看起來沒受傷，也不像是會造成危害的樣子，應該說完全只像是睡昏頭了。

「總之先打電話！」

十一回神拿起話筒，先打一一九叫救護車，再打一一〇報警，最後以內線和會客室聯絡。

「啊，道子嗎？」接電話的是十乘寺夫人。「是我，我在飛魚亭，大事不妙，神崎遇害了，武器是槍，已經回天乏術。我剛才報警了，此外佐野也中槍，傷勢很重，我有叫救護車，還有……聽好了，我們沒看到歹徒，我想大概是逃走了，但或許還躲在這座宅邸某處，絕對不要落單，和父親與櫻待在一起，警察抵達之前別去任何地方。啊，升村？嗯，他在這裡，不用擔心，不過他好像睡昏頭了，晚點見。」

十一掛掉電話之後再度拿起步槍，朝兩名年輕人說話。

「田野上、升村與佐野待在這裡，三人一起比較安全，至於你，呃～你叫什麼名字？」

「敝姓戶村，戶村流平。」

「嗯，戶村，麻煩和我一起在這間屋子繞一圈，歹徒可能還躲在附近，你是老爸找來的偵探吧？」

「呃，我是徒弟……總之我陪您一起去。」

手持步槍的十一，和流平依序從飛魚亭內部到周圍慎重巡視一次，可能藏人的地方全部找過一遍時，遠方傳來警笛聲。

至少在飛魚亭周邊，完全沒看到蒙面的可疑人物。

第九章　懸崖邊的刑警

月色明亮的深夜，毫無行人來往的寧靜海岸道路，如同沉眠的蛇默默曲折延伸，距離天亮還很久，平常發出排氣管爆音與吆喝聲的飆車族，今晚似乎也乖乖待在家裡打電動，路上毫無車影。

傳入耳中的是單調悅耳的海潮聲、在夜晚森林醒來的貓頭鷹叫聲，以及從傍晚就不斷吹拂的海風聲。在這個時候，遠方某處響起爆炸聲，先是一聲、然後接連兩聲、最後再一聲，告知異狀的四個聲響，在毫無遮蔽物的海岸傳到好遠的地方。

接著，如同以這些聲音為暗號，原本寧靜的海岸道路，響起一輛白色廂型車與一輛汽車的運轉聲，兩輛車在不寬的道路上，持續進行激烈到幾乎迸出火花的競速，明顯超速卻無任何人阻止。這也是當然的，因為兩輛狂奔的車子，是響亮發出警笛聲的救護車與警車。

「唔，可惡！這輛破爛警車就不能更快嗎！」

很不幸，駕駛警車的是志木刑警，他光是握住方向盤就會性格驟變，據說讓他駕駛響著警笛聲的警車，他就成為警局最危險的刑警，他今晚的目標是眼前的救護車。

「哼，凝事的救護車，我一定要超越你！」

「別這樣，志木，拜託，我求你……」

「警部，為什麼？」志木刑警面露凶光，瞪向副駕駛座的砂川警部。「我們是警察，警察可以輸給救護隊嗎！」

「我、我覺得這時候無所謂。」

警車和救護車相比，應該是攸關人命的救護車優先。

「不行！」志木沒注意看前方，毫不在意逕自說下去：「無論對方是誰，警察都不能輸，換句話說在公用道路上，警車必須是最快的！落後救護車是一種恥辱！我我我、我不能原諒！」

「我覺得只是因為對方先叫救護車……」

「即使是這種理由也一樣！」

志木再度把油門踩到底，緊追救護車的車尾燈，救護車也是忽左忽右擋住去路，不准後方車輛超前，兩輛車的火熱（無謂）戰鬥，一直持續到十乘寺宅邸，結果如下所示。

○勝：救護車（消防局）
【險勝．一路領先】
負：警車（警察局）●

志木刑警因為極度屈辱而臉紅，砂川警部因為撿回生命而鬆了口氣。

「真是的……」砂川警部在副駕駛座嘆氣。「總之順利抵達案發現場，就不計較了。話說志木，雖說是理所當然，但這次又是我們率先抵達……」

砂川警部徵詢駕駛座搭檔的同意，然而……！

「別別別、別以為這樣就贏了！」

「吵死了，混帳狂飆警車，別小看救護隊啊！」

志木刑警依然和救護車駕駛激烈放話鬥嘴。

「你這傢伙說什麼～？下次有你好受，走著瞧！」

「來啊來啊，我隨時奉陪！」

經過醜陋的口角，志木刑警拇指向下，救護隊員豎起中指。

「你這是什麼態度！」

「你還不是半斤八兩！」

比小孩子吵架還惡質，比不服輸的嘴硬還丟臉，砂川警部終究也無言以對，抓起志木刑警的衣領圓瞪眼睛大喊。

「志木！命案和賽車的輸贏，你應該知道哪一邊比較重要吧！」

「我我我、我知道我知道！」砂川警部難得說句正經話，志木刑警被他咄咄逼人的氣勢壓過，終於回想起自己原本的職責。「對喔對喔，這次又是槍擊案件，我不是來賽車的。」

這是當然的，志木刑警，你應該早點察覺。

順帶一提，救護隊員們一邊和飆車刑警（聽起來挺帥氣的）互嗆，一邊俐落完成肩負的任務，也就是將受重傷的受害者抬上車，中槍的受害者早已躺在大門附近，等待救護車抵達已久，救護隊員們將受害者抬上擔架，搬到救護車旁邊。

「抱歉，方便讓我看一下傷勢嗎？如果分秒必爭，我就不勉強。」

砂川警部提出這個請求。

「只能一下子啊。」

一名救護隊員說完暫時停住擔架，志木刑警也在這時候首度觀察受害者。受害者是男性，年齡約三十五歲，體格壯碩適合練武，身穿運動褲以及年代久遠而鬆垮的長袖運動衫，運動衫到處都是血。接著志木刑警看向對方中槍的左手，不過衣袖與綁得不太好看的毛巾遮住傷口，看不出任何端倪。

觀察時間在短短十秒後結束，受害者送上救護車，自稱受害者妻子的女性，獲准一起上救護車陪同，就在救護車後門即將關上的瞬間……

「喂～等一下！我也是受害者！」

一名男性大喊走向救護車，未經許可就擅自要上車，隊員們連忙制止。

「喂，不准擅自上車，這是傷患專用的救護車！」

「混帳！你沒看到這個嗎？我也受重傷啊！」

男性把右腳伸到隊員們前面要求上車。

「還不到重傷的程度……哎，好吧，快上車。」

「賺到囉！」男性穩穩以雙腳踩著從容的腳步，進入救護車後方空間。「我坐過警車，不過這是第一次坐救護車，嘿嘿！」

就這樣，救護車載著重傷患、重傷患的妻子以及一名輕傷患離開十乘寺宅邸，受害者們將在市區醫院接受治療。

「……那個人是怎麼回事？」

砂川警部看著行駛離開的救護車車尾燈，有氣無力如此詢問。

「沒怎麼回事。」志木回答得很乾脆。「如果我沒有看錯，他是警部也很熟悉的『那個人』。」

「所以我才問，那個人為什麼會在這裡？」

「這個嘛，天曉得？他剛才說他『重傷』。」

「但他看起來活蹦亂跳……嗯，搞不懂，所以受害者除了兩名傷患，另一人則是……」砂川警部疲倦地說：「哎，算了，總之去見另一名受害者吧，我現在比較想見沉默的受害者。」

兩名刑警在十乘寺十一的帶領之下前往現場，十一相當激動，沒人問就熱心向刑警們說明命案概要，兩名刑警邊走邊聽。

「歹徒入侵我家，現在還不曉得對方是基於竊盜還是其他目的。總之某人深夜進入這座宅邸，以手槍恣意開槍之後逃走。歹徒首先襲擊會客室，就是看得到窗戶亮燈的那一間，時間是晚間十一點五十分。」

眾人穿越主館庭院時，十一停下腳步，指著主館一樓的某扇窗戶。

「會客室一名男性腳部中槍受傷，似乎是父親找來的偵探。當時偵探助手看見拿手槍的歹徒，不過對方戴著白色頭套，甚至看不出性別。」

「喔，拿手槍的蒙面歹徒？」

「是的，後來歹徒離開主館前往別館，家父與管家佐野目擊到這一幕。佐野追著歹徒前往飛魚亭，飛魚亭是這條階梯上方的別館。」

兩名刑警正氣喘吁吁爬著約二十公尺長的陡峭階梯。

「歹徒抵達飛魚亭，連續朝這個露臺開兩槍，中槍的是叫做神崎隆二的年輕人。歹徒殺害神崎之後，朝著趕來的佐野再度開槍，幸好最後一槍只射傷佐野左手。」

「我剛才也看過他的傷。」砂川警部說：「傷勢似乎不輕。話說回來，歹徒射傷他之後跑去哪裡？」

「呃，這個就……」十一納悶回答。「我們不清楚歹徒以何種方式逃到哪裡。他不可能回到主館，主館有很多人，而且都看著飛魚亭門口或是相連的階梯，沒人看到任何身影。」

「凶手能夠逃走的路線，只有門口通到階梯這條路？」

「如兩位所見。」

十一與兩名刑警爬完階梯來到飛魚亭門前，三人從這裡轉身看去，剛好可以俯瞰主館的燈光。

「要從飛魚亭前往主館，只能走這扇門與這條階梯，周遭如兩位所見是陡峭的斜坡，而且表面盡是岩石與雜草，非常難踩穩，真要走的話當然能走，但是沒必要在深夜故意走這麼危險的斜坡，這樣反而浪費時間。而且今晚月色明亮，反而會引人注目，主館的人們也不可能看漏。」

「原來如此，你說得對，畢竟門口也有燈光，不可能逃往主館方向，那麼飛魚亭的另一邊呢？」

「另一邊是沒路的懸崖，再往前是海，摔下去肯定沒命。因為落差四十五公尺，而且水意外地淺，絕對不可能得救。」

「原來如此。」砂川警部點頭回應：「飛魚亭周邊沒有人？」

「不，關於這方面……」

「唔，怎麼了？隱瞞事情沒有好處喔。」

「其實在案發當時，一名叫做升村的青年剛好在飛魚亭……不，請絕對不要把他當成殺害神崎的凶手，他應該只是遭受波及。」

「不過在案發之後，現場附近除了他就沒有別人吧？」

「是的。」

「那你認為歹徒消失前往何處？」

「這……」十一思索片刻，忽然以開朗的表情回答。「對，是海，歹徒跳海了，屍體現在肯定浮在海面，這樣就毫無問題了。」

「原來如此，這樣確實毫無問題，但別急著下結論，總之容我看一下現場吧。」

砂川警部說完進入飛魚亭境內。

海角前端的建地不大，只夠設置兩座網球場，要設置三座就很困難。境內有一間名為飛魚亭的平房，旁邊則是聊勝於無的小庭園。

成為命案現場的飛魚亭前面，已經有制服警員站崗，是從附近（但也相隔數公里遠）派出所騎機車趕來的巡查。他自報姓名之後，親口作證他抵達至今沒有任何人接近飛魚亭。如果這裡是普通建築物，這段證詞就值得懷疑，但是從現場地理狀況來看，應該可以相信巡查這番話。從主館延伸過來的這條路，是通往海角前端這間獨棟飛魚亭的唯一通路，有一個人看守就足夠，現場算是保存得很好。

鑑識組與法醫抵達之後，現場籠罩著不像是深夜的喧囂。鳥之岬的山崖上頻頻亮起閃光燈，不曉得近海船員看到會怎麼想，但他們肯定做夢都沒想到，這裡正順利進行命案現場的勘驗程序。

砂川警部與志木刑警人在飛魚亭，但暫時不能妨礙鑑識組，鑑識完成才能見到屍體。砂川警部利用這段空檔，像是深夜散步般在飛魚亭境內走一圈，志木也跟著他。

建地周圍種植一公尺高的灌木做為圍籬，代表安全地區與危險地區的界線，越過圍籬，懸崖絕壁就在眼前。

砂川警部站在境內朝海面最突出的位置，這裡是海角最前端，志木也站在相同位置看向灌木後方。

鳥之岬的十乘寺宅邸平面圖

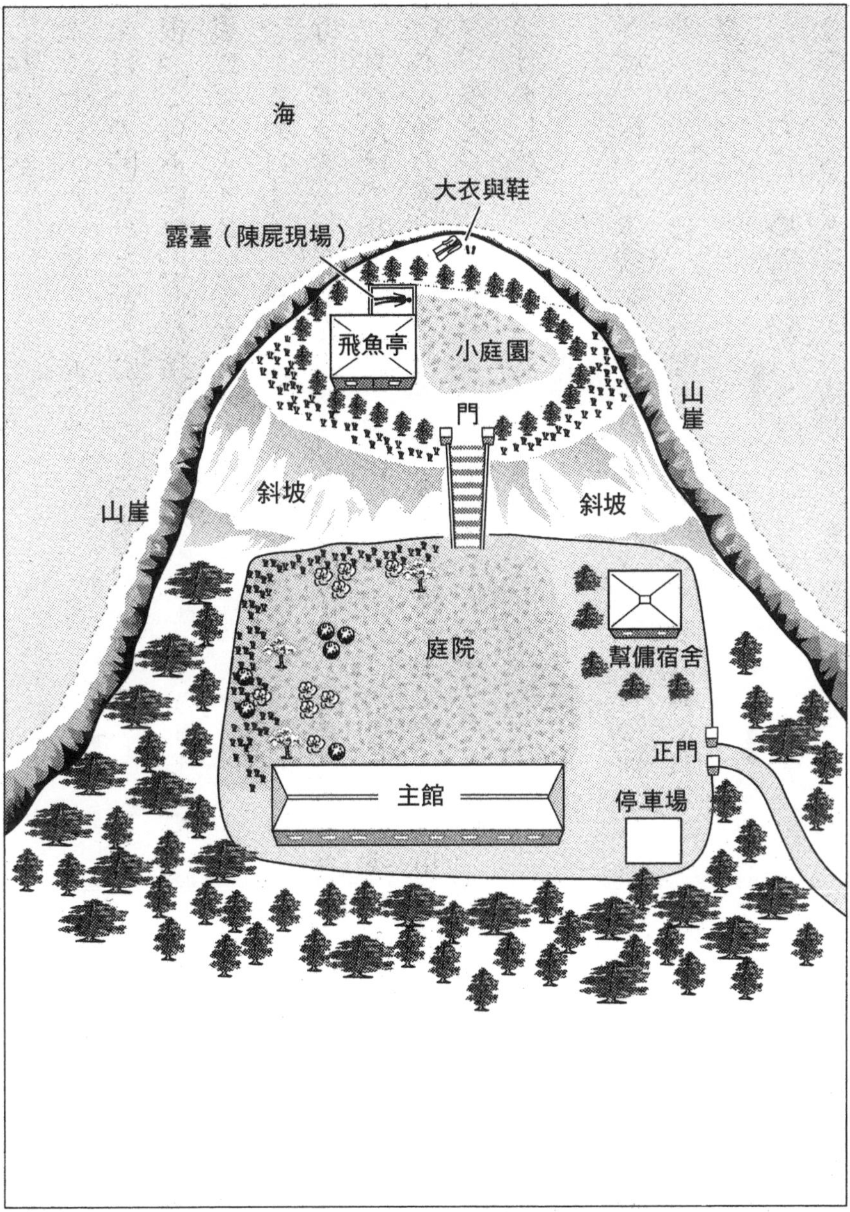

灌木後方是維持自然景觀的光禿禿石崖，再往前是遼闊的大海，但現在是深夜所以看不見，只像是比黑暗更黑暗的詭異漆黑空間。而且風很大，偶爾吹來的強風，在耳際留下毛骨悚然的呼嘯聲而去，光是站在海角前端就會感到恐懼。

志木心想，幸好十乘寺家在這裡蓋了私人宅邸，要是這裡開放一般人自由前來，肯定會是著名的自殺地點，大概會在自己站的位置立一塊「多想一分鐘」的板子。

「喂，志木，你看那裡。」砂川警部忽然指著某處。「那裡有東西。」

他哪裡不指，居然指著山崖尖端，和直通西天的落差真的只差一公尺。

「不是石頭？」

「不，應該不是，看起來像是一團衣服，你去拿回來。」

砂川警部語氣隨便得像是叫人去拿報紙，聽到命令的志木可不能回應「小事一樁」，卻也不能斷然拒絕，在他猶豫的時候，砂川警部以柔和語氣對他說：

「不會出事的，我在這裡看著，別擔心。」

這番話毫無助益，聽起來只像是做人情。志木下定決心不再期待助力，自行翻越灌木。

「不用看著我也沒關係！哼，反正這工作註定落到我頭上。」

實際上，志木害怕到被任何人看到都會難為情，朝著該物體匍匐前進，要是沒把身體盡量放低，有可能忽然被強風吹走。

「好恐怖啊～好高啊～風好大啊～警部大笨蛋～」

志木反覆說著咒語般的喪氣話，好不容易來到神祕物體旁邊，近距離看到該物體的他，一眼就知道這是捲起來的大衣，搞不懂懸崖加上大衣是什麼樣的組合。不過當志木拿起大衣，底下又出現另一個物體。

是整齊擺放的一雙運動鞋。

在懸崖整齊擺放一雙鞋，再把大衣捲起來放在鞋子上，志木可以理解這個組合的意義，看來正如十一先生的期待，鞋子與大衣的主人如今已葬身海中。

總之，志木小心翼翼以雙手抱著「戰利品」變換方向，再度匍匐爬回砂川警部那裡，加把勁努力跨越灌木之後，平安從鬼門關生還。

「嗨，辛苦了。」砂川警部同樣以接收報紙的輕鬆態度接下物品。「嗯，長大衣與鞋子啊，耐人尋味。」

「說、說、說、說得也是。」

「喂，志木，你在做什麼？不用匍匐前進了。」

志木依然跪伏在砂川警部腳邊。

「抱、抱歉，我、我的腿發抖站不起來。」

志木刑警連語氣都在顫抖。

「真不中用。」

「就算您這麼說……咦?」

跪伏的優點在於離地面近，因此會發現出乎意料的東西，這東西棄置在灌木樹根附近，是一個深黑色像是鑰匙的物體。志木看到的瞬間，腦中就閃出一個靈感。

「喔喔，這……難道是!」

是他們這一個半月急於尋找的那個東西。光看外表還無法斷言，但肯定沒錯。

志木抱持某種感慨，拿起這個物體給砂川警部看。

「警部，手槍，是手槍!而且是 Colt Government!肯定就是那把手槍，終於找到了!」

志木認為他在山崖撿到的手槍，就是那把在他們面前消失無蹤的私造手槍，這個推測有理可循，關鍵在於和那件遊民命案的關連性。

「首先是地點，從這座海角走到槍殺遊民的馬背海岸不用太久。從時期來看，這次命案和遊民命案只間隔一個半月，而且犯案凶器都是手槍，一般都會認為這兩件命案有關，警部，沒錯吧?這肯定是相同凶手以相同凶器連續犯案。」

「也就是說，撿到私造手槍的某人，在馬背海岸槍殺遊民，又在今晚潛入十乘寺宅邸對三人開槍造成一死兩傷？哎，或許吧……喂，手槍給我一下。」

砂川警部從志木手中接過這把問題手槍，以戴著手套的手，小心翼翼抽出彈匣，Colt Government是八連發，也就是彈匣最多可以裝填八顆子彈。

志木迅速計算至今開槍次數，首先，私造手槍的當事人中山章二朝志木開兩槍；在馬背海岸，遊民胸口被開一槍；今晚在十乘寺宅邸，依照十一的說法是開了四槍，所以合計七槍。

「應該只剩一顆子彈吧？」

「不，錯了。」砂川警部不感興趣地說：「剩下零顆。」

砂川警部把空彈匣拿給志木看。

「咦，零顆？但我記得這把槍是八連發……」

「放心，沒什麼好訝異的，或許彈匣原本就只裝七顆子彈，或者是凶手在我們不知道的地方多開一槍。總之凶手今晚在這裡射光子彈才會扔掉槍，假設還有子彈，凶手肯定還有抵抗的餘地。」

「說得也是。」志木點頭回應：「也就是說，子彈用盡而且沒有後路的凶手，放棄逃跑之後扔掉槍，站在這座懸崖，脫掉鞋子與大衣跳海？」

「嗯，這是很合理的推測，正如十一先生所說毫無問題，只是這麼一來……」

「啊？」

砂川警部無視於納悶的志木，像是要振奮精神般說：

「總之，先勘驗現場吧。」

飛魚亭的鑑識程序完成，砂川警部與志木刑警總算獲准接近飛魚亭，志木立刻大致環視現場狀況。

案發地點是飛魚亭露臺，神崎隆二陳屍於兩張躺椅與一把陽傘之間。

死者年齡二十五歲，身體特徵是一百八十公分、引人注目的勻稱體格，頗為英俊，可以想像生前很受異性歡迎。右手背有個類似烏賊川市地圖的特殊傷痕，大概是燒燙傷痕跡，雖然顯眼卻是舊傷。

服裝是長袖格子上衣加上斜布褲，極為平凡的年輕人風格。上衣左胸染成鮮紅，鮮血擴散流到周邊地面形成誇張的圖樣，淒慘的現場使兩名刑警拉下表情。

「遊民是左胸中槍，這次也是相同方式，果然很像。話說醫生……」

砂川警部詢問身旁的法醫。

「如何，下定決心繼承海釣旅館了嗎？」

「唔！」法醫縮起脖子抬頭。「嗨，又是你，不准因為我還年輕就消遣我，我為什麼要繼承海釣旅館……」

「死因是？」

「呃……」忽然改成正經問題，使得法醫倒抽一口氣之後作答：「受害者是心臟中槍，這是致命傷，應該是立刻死亡。」

「心臟中兩槍？」

「不，只有一槍命中胸口，不過一槍就足以致命。」

「那麼另一槍射到哪裡？」

「你在找的另一槍，是不是這個？」

法醫指著地面像是黑斑的一個點，砂川警部與志木刑警立刻把臉湊向黑點，這肯定是彈孔，位於躺在地面的屍體頭部附近。看來連開兩槍的凶手浪費了其中一槍，子彈就這麼陷入地面，砂川警部找鑑識人員過來挖出子彈，以便和這一連串槍擊案使用的子彈比對。

接著，砂川警部再度面向法醫。

「有沒有其他外傷？」

「頸部有壓迫痕跡，不曉得成因。」

「是繩索的勒痕？」

「不，不是這種，感覺像是用某種東西壓住，但也不是手指的勒痕。」

「真不可靠。」砂川警部稍微挑釁法醫。「話說回來，推測的死亡時間是？」

「姑且是凌晨零點前後。」

「猜錯就繼承海釣旅館？」

「唔……好啊！錯了就繼承！」

砂川警部輕拍眼冒血絲的法醫肩膀。

「你可以不用繼承。」

從十乘寺十一的證詞推斷，案發時間是晚間十一點五十分的數分後，因此法醫推測正確，促成「可以不用繼承海釣旅館」的結論。

從屍體得知的線索只有這些，應該期待凶手留下的大衣與鞋子，以及手槍與子彈隱藏更多線索。

「看來只有地面留下的彈孔，以及受害者頸部的痕跡能成為新事證。」

砂川警部展露自己的推理。

「從地面彈孔的位置來看，凶手剛開始是朝著受害者頭部開槍，受害者當然有所抵抗。嗯，受害者頸部的勒痕，可能是凶手將抵抗的受害者壓到地上造成的。凶手壓住受害者的脖子朝頭部開槍，但是這一槍落空，子彈打進地面，凶手連忙改為瞄準胸口，以第二槍完成目的，依照現有線索可以如此推理。」

「凶手也挺辛苦的。」志木大幅點頭回應砂川警部的推理。「要是沒有熟悉開槍的感覺，確實不容易打中。」

志木刑警這番話，反映他接受射擊訓練時的痛苦經驗。

「嗯，即使是近到嚇一跳的貼身距離，一樣有可能失手。」

砂川警部這番話，反映他實戰時的痛苦經驗。

「總之，連這一行的我們開槍都打不準，撿到槍的『即席槍手』更難打中吧。」

志木也完全認同砂川警部這種稱心如意的解釋。

「話說回來……」砂川警部看著手錶說：「時間差不多了，不能讓案件關係人等太久，我們先離開這裡，到主館和案件關係人閒聊一下。」

「這叫做偵訊，偵訊！」

就這樣，砂川警部與志木刑警前去偵訊案件關係人，從他們的證詞得知十乘寺今晚這項案件的詳細經過。

偵訊持續到凌晨三點，案發當晚終於結束。

當晚時間不夠而沒能確定的幾件事，在隔天上午明朗化。

首先，正如砂川警部與志木刑警的預料，比對至今發射的子彈之後，確定現場找到的手槍和馬背海岸遊民命案是同一把。不只如此，還查出這正是中山章二當時所拿的私造手槍。

另一方面，警方也對子彈進行調查，當晚總共開四槍，其中三槍同樣經過比對，確定是由當晚找到的手槍射出。這裡所說的三槍，指的是會客室開的那槍，以及在飛魚亭露臺開的兩槍。在飛魚亭小庭園打傷佐野管家左手的另一槍無法驗證，因為這顆子彈貫穿佐野左手之後不知去向。

調查員只能推測子彈貫穿之後，就這麼描繪拋物線越過山崖飛進海裡，除此之外別無方法可想。既然這樣，或許可以質疑只有佐野手臂的傷是另一把槍造成，但前提是有人提出這種質疑。

在懸崖絕壁發現的大衣與鞋子也調查過了，大衣是LL尺寸，鞋子是二十八號的運動鞋，如果穿在凶手身上剛好合適，就表示凶手相當高大，但也可能是矮個子男性身披大一點的大衣。不對，如果真的要隱藏體型，一般來說都會選擇大尺寸的大衣，鞋子也是如此。

大衣與鞋子都是普通品牌，無法查出來源，而且都很少穿，沒有留下可能看出凶手身體特徵的痕跡。不過大衣口袋翻出的兩個東西引起調查員的注意，其一是象徵往年某知名摔角手的白色頭套，其二是計程車司機使用的白手套。凶手戴上這個只露出眼睛與口鼻的頭套，披著長長的大衣，以戴著白手套的手指扣下扳機……所有人腦中都能輕易浮現這幅光景，但實際上真是如此？

硝煙反應迅速解答了這個問題。

開槍時，射出的不只是子彈，發射子彈的火藥爆炸時，會對周圍噴出肉眼看不見的火藥微粒，這種微粒會附在開槍凶手（距離夠近的話也包括受害者）的衣物等處，這就是檢測時出現的硝煙反應。不只是這件大衣，白頭套、白手套與鞋子都產生硝煙反應，凶手肯定是穿著這些衣物開槍。

上述事項是新的事實，卻不足以更改案件至今的樣貌，個中意義不具衝擊性。這天晚上，持槍的某人潛入十乘寺宅邸，開好幾槍之後無處可逃，認命跳崖而死。從表面事證導出的這個結論沒有變更，新的事實只有補強效果，並未顛覆這個推論。

不過……應該說正因如此，砂川警部輕聲表示不以為然。

「這樣確實合理，但是合理過頭了，簡直像是某人預謀陳列的事實。」

是這麼一回事嗎？志木刑警對砂川警部這番話半信半疑。

第十章　粗暴的早晨

案發隔天，戶村流平以最差的心情起床。

流平在這天早上做了惡夢，夢見和屍體一起困在家庭劇院的密室，劇院正在播放另一齣惡夢，拿著手槍的惡徒與抱著步槍的紳士互瞪對峙，流平不知為何也在銀幕裡手無寸鐵到處跑。不用說，現實的流平當然汗如雨下難受不已。

將流平救出惡夢深淵的，是不知從何處傳來的十乘寺櫻細語聲。

「戶村先生，戶村先生，請起來。」

這是如同鈴響的悅耳美聲，清澈的音色瞬間從流平意識裡的銀幕排除惡徒與屍體，改為身影有點朦朧的美少女。美少女朝他的肩膀伸出雙手試著搖醒他，剛開始是緩緩搖晃，然後力道越來越強，使得流平有種重物上身的壓迫感，如今感覺得到她的呼吸近在咫尺。

啊啊，大小姐，妳好大膽！

直到又長又厚的舌頭舔起臉，流平才終於察覺這名大膽「美少女」的真面目，不是他所想的櫻，是另一個櫻。

「魷・魚・乾・王～！」

櫻魷魚乾王隔著被子壓在流平身上，流平眼前項圈正中央的鈴鐺悅耳響起。

「你你你、你這……」流平抓住牠的項圈。「你這笨狗！害我期望落空！」

即使只有一瞬間做了美夢，流平依然為這樣的自己感到火大。他以左腳為支點，就這麼以仰躺姿勢，將壓在身上的大型犬往後摔，魷魚乾王響著鈴鐺空翻一圈，咚一聲在榻榻米著地。

「哼，成功施展拋摔的我贏了，不過打贏狗也只會覺得空虛。」

流平說出空虛的臺詞時，旁邊再度傳來如同鈴響的美聲。

「哎呀，您醒了，早安。」

這次真的是櫻的聲音，剛才眼前是魷魚乾王的碩大軀體，所以沒發現櫻在魷魚乾王身後，難怪夢裡櫻的聲音那麼清楚。

「看您睡得很不安穩，我才和魷魚乾一起叫您起來，為您添麻煩了嗎？」

「這個嘛……不，一點都不麻煩，我正想要起來。」

不過流平希望櫻以更符合常理，能以舒暢心情起床的方式叫他。流平把這樣的不滿藏入內心，以長袖擦拭狗舔過的臉，總算從被窩起身。

總比被槍聲叫醒來得好。今天醒來的心情差到令他這麼想。

環視一看，這裡是約三坪大的和室，不是起居室或會客室，更不可能是別館的房間，流平環視隨意堆放在周圍的文件，以及牆邊並排的書櫃，總算想起這裡是十乘寺十三的書房。

昨晚警方偵訊完畢時，已經是凌晨三點這麼晚了。委託人十三提供房間與一組被褥，給流平這個偵探徒弟使用，

櫻像是依偎般，蹲在棉被上盤腿而坐的流平身旁。

「早餐準備好了，請來餐廳吧。」

她說出不適合在慘劇隔天說的日常臺詞，大概認為慘劇與早餐是兩回事。這或許是對的，但流平比起早餐更在意命案。

「我等等再去享用早餐。不提這個，櫻小姐，昨晚那兩名刑警來了？」

「您是說砂川警部與志木刑警吧，是的，他們來了。但他們知道友子小姐從醫院來電之後又出去了，肯定是去醫院找佐野先生問訊。」

「啊啊，原來是這樣，那麼鵜飼先生肯定也會在醫院接受偵訊。」

既然是那兩人，應該又會對偵探起疑，但偵探處於被懷疑也不奇怪的立場。

「刑警先生他們說過什麼嗎？」

「他們說案件結束了，所以不用擔心。他們向父親與爺爺這麼說的時候，我也在場旁聽。」

「這是什麼意思？」

「他們的意思是說，凶手應該已經跳海喪生，所以不用繼續擔心。警方在山崖發現凶手遺留的物品，而且也找到手槍。」

「喔，這樣啊……」流平暗自回憶昨晚的事件。「原來如此，這樣啊，以昨晚的狀況來看，凶手確實無處可逃。當時我也和十一先生在飛魚亭周圍巡視一遍，卻沒看見任何人，凶手當然不可能往主館方向逃吧？」

「是的，沒有人往主館方向逃，不只是我，大家都這麼說。」

「這樣啊，所以凶手果然跳海了，我姑且能理解這種結果。」

不過，還留下『升村光二郎凶手論』這個重大的可能性。

「潛水夫們今天也是一大早就下海，肯定是在尋找過世的凶手。」

原來如此，「過世的凶手」……她沒有形容成「凶手的屍體」，算是千金大小姐的品味。話說回來，如果警方推論正確，昨晚案件就是局外人幹的好事，只是歹徒湊巧闖入這座宅邸，湊巧位於飛魚亭的神崎隆二成為犧牲者，而且歹徒已經死亡，聽起來合情合理，卻令人難以釋懷。

神崎真的是偶然之下的犧牲者？宅邸裡不就有人對他抱持敵意嗎？至少有兩人確實如此。

「昨天深夜，神崎隆二先生為什麼會在飛魚亭的露臺？在等人？」

啊啊，不行不行，這樣簡直像是在懷疑櫻。如果神崎和某人悄悄約在深夜的別館見面，對象肯定非櫻莫屬。

「這就不曉得了，或許只是想醒酒才湊巧位於那裡。」

大小姐的回應出乎預料無懈可擊，或許她只是表面上裝作迷糊，其實很聰明。

「話說回來，神崎隆二先生是怎樣的人？有可能基於某些隱情被人暗殺嗎？」

「這……我也不清楚。」

這個問題確實無從回答，流平換了一個問題。

「那我這麼問吧。神崎隆二先生是櫻小姐的夫婿候選人，不過候選人還有兩位，就是田野上秀樹先生與升村光二郎先生，他們希望神崎隆二死掉，是這樣嗎？」

「我覺得不是這樣。」櫻立刻否定。「他們兩位不是如此卑鄙的人，都是出色的紳士。」

「這樣啊。那麼反過來說，神崎先生如何？他是否對兩人抱持仇恨，或是強烈的競爭心？」

「競爭心嗎？關於這方面……」

櫻忽然停頓，像是想起某些事。

「發生過什麼事嗎？」

「是的，神崎先生曾經邀請另外兩位較量實力，記得是前天晚餐後的事。」

「較量實力？怎樣較量？」

「比腕力。」

流平有點失望，他原本隱約期待三人曾經大打一架，卻只是比腕力，真掃興。

「比腕力啊……神崎先生對腕力有自信？」

「是的，我想他應該是三人之中力氣最大的一位，畢竟身材比另外兩位高大。」

流平認為情有可原，吸引女性的三大要素是智力、臂力與財力（這是他的偏見）。智力方面，教授兒子田野上秀樹看起來最聰明；財力方面，應該是連鎖居酒屋的升村光二郎最占優勢；議員兒子神崎隆二擁有的是權力，而且權力往往和臂力相關，難怪神崎想在櫻面前誇示臂力。

「所以神崎先生贏了另外兩位吧？」

「不，不是這樣，他比腕力的對象是佐野先生。」

「對象是佐野先生？為什麼？如果要比腕力，相互對決比較容易分高下吧？」

「可是這樣的話，輸的人會丟臉。得第一的人就算了，第三名會失去立場，讓對方蒙羞不是紳士的行徑，神崎先生應該也察覺到這一點。」

「這樣啊～」

流平不知道，原來紳士不能讓對方蒙羞。他直到前一刻，都認為讓對方蒙羞正是「勝利的方程式」，原來如此，看來自己果然不是紳士。

「可是，既然對象是佐野先生，沒人贏得了吧？」

「是的，但神崎先生果然善戰，感覺算是雖敗猶榮，田野上先生似乎不擅長比力氣，一下子就輸了。」

從田野上的學者樣貌推測，這是理所當然的結果，那麼升村光二郎又如何？他當然贏不了佐野，但流平頗為在意。

「不過，輪到升村先生的時候，佐野先生想到有急事要忙，所以不了了之。」

「這是怎樣？」又是掃興的進展。

「我想，以佐野先生的立場，和客人比賽應該很難拿捏吧，贏了也不好，故意輸掉也很失禮，他大概是在戰勝田野上先生的瞬間就不想繼續了。」

「原來如此，但是這麼一來，神崎先生會有意見吧？」

「是的，神崎先生應該也有所不滿。但我認為最吃虧的是田野上先生，因為這樣等於是他『一個人輸』。」

「啊啊，確實如此。」

不過，這終究只是比腕力，很難想像會因而積怨造成命案。這無疑是隱約窺見三人競爭心態的插曲之一，但不確定是否有更進一步的意義。

「那我再請教一個問題。」流平決定問得更直接。「假設沒有發生這次的事件，這三位夫婿候選人，櫻小姐要選擇哪一位？」

總歸來說，若凶手在本次事件殺害神崎隆二的動機和爭奪十乘寺櫻有關，就可以最輕易整理出前因後果。或許升村是凶手，將情敵神崎殺害；如果凶手是田野上，就可以在殺害神崎之後嫁禍給升村，達到一石二鳥的效果；假設櫻的意中人是神崎，就無法排除這兩種可能性，然而……

「怎麼這樣……居然要我選……」

櫻回答得很含糊，但流平希望她務必誠實回答。

「他們三人聚集在這裡，就是為了讓妳選吧？」

「是的，可是……」櫻說著說著，臉頰逐漸泛紅，大概是想要遮羞吧，她拿起旁邊的厚重書本害羞把玩內頁，只回答：「可是……不在他們三位之中。」

「這樣啊，所以妳的意中人不是這三位之一？」

「……」

流平擅自把她的沉默解釋為肯定。

「不然是誰？」

流平靠近到櫻身旁以免聽漏答案，卻沒發現這時的他，貿然過於接近十乘寺櫻。

「……」

經過漫長的沉默，終於有一個勉強聽得到的細微聲音傳入流平耳中。

「是……是……那個……」

然而，這位大小姐緊張到極限，收回說到一半的話語。

「討厭啦，戶村大人真是的！啊啊，羞死人了！」

當事人應該又想遮羞吧，她把手上的厚重書本高舉，砸在眼前遲鈍又冒昧的「戶村大人」頭上。所謂的巧合真恐怖，櫻揮下的凶器正是《現代用語基礎知識‧最新版》，可憐的「戶村大人」就這樣發出「咕嘿」一聲，淒慘倒在棉被上，堪稱充滿戰慄與恐懼的瞬間。

十乘寺櫻，表面看起來迷糊，說不定其實很暴力。

流平遭受幾乎昏迷的重擊，朦朧看著按住通紅臉頰離開書房的十乘寺櫻，以及忠實跟隨在後的魷魚乾王。櫻他們離開房間的數秒後，走廊響起「咚」一聲某人跌倒的聲音，聽到這個聲音的流平，心不在焉想起一件事。

啊啊，看來櫻又在走廊跌倒了，這麼說來，昨晚好像也看到櫻在走廊跌倒……當時是什麼狀況？

不過，戶村流平昨晚在廁所前面要帥取悅她的過程，已經因為後續的「喝酒」與「命案」與「睡眠」忘光。不知不覺玩弄少女心的他罪孽深重，遭人怨恨或毆打堪稱理所當然，即使凶器不是《現代用語基礎知識》而是《廣辭苑》也無須同情。

數十秒後，戶村流平因為右臉被狠狠甩耳光而驚醒。

先是被狗叫醒，後來被書本打中頭頂而昏迷，如今又被甩耳光打醒，真是的，肯定是最慘的早晨。

流平微微張開眼睛一看，升村光二郎正準備再甩一記耳光，為什麼要被這個人粗暴對待？流平不是基督徒，沒有「右臉被打就要把左臉奉上」之類的宗旨，他連忙以右手抓住對方甩過來的手避免被打。

「不用解釋！」明明沒人解釋，升村卻如此大喊：「我非～常清楚你做了什麼事。我看到櫻小姐從這個房間慌張離開，往房內一看，你躺在棉被上面不動，以這兩項要素推理出來的答案只有一個，臭小子，你居然想襲擊櫻小姐！真是羨……不可原諒！我要修理你！」

這是大致想像得到的誤會，流平並不慌張。升村伸直雙手想抓住流平，流平則是順著力道向後躺，再度以左腳為支點將他往後摔，今天第二次施展的拋摔對象是人類，所以比第一次摔得更漂亮。這次不空虛了，流平得到完全勝利的快感。

「喂，升村先生。」流平詢問四腳朝天的升村：「你是魷魚乾王的親戚？」

「我的親戚裡沒有狗。」升村坐起上半身。「我才想問，你是什麼人？為什麼會在這裡？昨晚的命案不是你們幹的？」

明明你自己的嫌疑最大，為什麼要被你懷疑？流平實在無法釋懷。

「當時我們只是湊巧在場，鵜飼先生也只是湊巧犧牲，我們單純是偵探與偵探徒弟。不提這個，升村先生，我才訝異你居然沒被警察帶走，而是在這裡迎接今天的早晨。從昨晚的狀況來看，您被要求自行到案說明，這時候待在警察局也不奇怪。」

「嚇一跳吧？」

「老實說我嚇了一跳，為什麼？」

「總之，沒什麼大不了。」升村賣關子般撥起頭髮。「家父打電話給認識的政治家……」

「唔哇，聽起來真討厭。」

這座城市的壞處就是會放任這種事，流平向升村投以極為輕蔑的眼神。

「話說在前面，我可不是使用政治壓力偽造成無罪。我本來就很清白，我明明沒做任何事，怎麼可能去警局？」

「真的？」流平有所質疑。「那你昨晚為什麼要在飛魚亭嗑藥？」

「笨蛋，你說誰嗑藥！」接著升村表情變得有點不安。「等一下，昨晚的我看起來像是嗑藥？」

「看起來完全是藥癮發作，你喝了什麼？」

「我只有喝酒，在晚餐會的時候喝的。但我不會只因為喝酒就爛醉，可能是喝了酒以外的東西。」

「意思是晚餐會裡，有人在你的食物或飲料下藥？」

「對，晚餐會的時候，我們都是相互幫忙拿菜或是倒飲料，當時在餐廳的人都有機會對我下藥，這一點肯定沒錯。嗯，昨晚的我確實不對勁，晚餐會進行到一半就不舒服，在十點多獨自離席，回到自己房間床上躺著休息，醒來卻是在飛魚亭的地上。記得我說『這裡是哪裡』的時候，十一先生、田野上與你都愣住了。」

「是喔，不過至少你完全沒說『這裡是哪裡』，只講一些莫名其妙的話語。」

「這樣啊……」升村托著下巴。「看來我被陷害了，真凶在晚餐會偷偷在我飲料下藥，再把不省人事的我搬到飛魚亭，進行一連串的犯行。這都是陷害我的陷阱，嫁禍我成為殺害神崎的凶手。」

確實可以這樣推測，流平姑且認同他的說法。

「但是這樣的話，兇手是田野上？」

「確實如此。對，沒錯，沒有其他可能。」

「田野上不可能行兇，這種事冷靜想想就知道了。」

昨晚第二與第三聲槍聲響起時，田野上在會客室；第四聲槍響時，是和流平與十一在一起。換句話說，他擁有不在場證明。

「用一些手法就可以瞞騙吧？」

「我不否認可能是用了某種手法，但是普通的小手法做不到這種事，除非有共犯就另當別論……嗯？」

「怎麼了？」

「我在想，你和田野上是共犯，或許就做得到這種事，但這種推論不切實際。」

「你是笨蛋嗎？如果我和田野上是共犯，為什麼要用這種單方面對他有利的方式殺人？」

說得也是，所以升村果然被兇手陷害？不，或許他只是假扮成遭到嫁禍，實際上卻是他犯案，升村怎麼看都不是能夠全盤信任的人物。

不過這是難得的好機會，流平決定進一步蒐集情報，看來沒時間吃早餐了。

「話說回來，神崎隆二是怎樣的人？你應該很熟吧？」

「神崎……哼！」看態度就知道討人厭。「他是個討厭的傢伙，只是因為父親當議員，家世比較好就擺架子炫耀，把我當成暴發戶小開看待。」

咦，你不是暴發戶小開？流平瞬間冒出這個念頭，但他當然沒笨到說出口。

「田野上也是討人厭的書呆子，但神崎那傢伙更爛，在三人之中最不適合成為櫻小姐的夫婿。基於這個意義，因為他的死而得到最大利益的人，或許是櫻小姐。」

「唔？這是什麼意思？櫻小姐很可能選擇神崎隆二？」

「老實說，我不知道櫻小姐會選誰。不過事實上依照整體考量，神崎那傢伙確實最有優勢，家世好又富有，長得還不錯，也兼具體力與學歷。先不提櫻小姐，十三先生對他的印象肯定不錯。」

「這就很有利了。」

也就是說，果然是某個屈居劣勢的夫婿候選人殺害神崎，企圖反敗為勝？隨即升村像是看透流平的想法這麼說：

「我要再三強調，我不是凶手。」

「但你承認你有動機吧？」

「動機？你的意思是我會為了得到櫻小姐而殺害神崎？開什麼玩笑，不必動用這種粗魯手段，我有別的做法，我知道他一個絕對想隱瞞的把柄。」

「這樣啊，神崎隆二有什麼把柄？」

「這是我聽到的小道消息。」升村以此為開場白繼續說：「他現在以第二代政治家的身分裝好人。但高中時代很叛逆，會偷竊、勒索、打架與借高利貸，他父親當時四處奔走，以權力與人脈壓下他諸多罪行。」

「什麼嘛，這很常見吧？」

流平真的很失望，他原本期待升村揭露更重大的惡行，卻只是不良少年時期的經驗。這種事並不稀奇，流平班上就有這種人，受到父母寵愛卻抱持叛逆心態的這種人，很容易成為不良少年，並且在為非作歹享受一段時間之後，再度恢復為富豪後代，若無其事走上菁英之路。這種傢伙確實令人火大，但就算抱怨也沒用。

「何況，要是你揭發情敵以前做的壞事，反而會被當成卑鄙又小心眼的傢伙，這樣是反效果吧？」

「所以我當成最後手段，如果櫻小姐即將選擇神崎，我就會放出這個情報，無論是用匿名信、匿名電話或是當成謠言散播都好。」

換句話說，升村擁有這種對抗方式，照理不可能性急到一下子就槍殺神崎，真的是這樣嗎？流平依然有所質疑。

畢竟再怎麼說，如果升村是凶手，事情就簡單了。無論是在會客室槍擊鵜飼、在飛魚亭槍殺神崎，或是在佐野追過來的時候射傷左手，對升村來說都是輕而易舉，只要在犯行結束之後假裝神志不清登場就好。

然而，這種做法簡直是拜託警方懷疑他，實在不是聰明的做法。

後來流平總算前往餐廳，時間已經十點，一直在餐廳等待流平前來的櫻，一看到他就瞪大雙眼。

「天啊，戶村先生，您怎麼了？」

「啊？我臉上有東西？」

「您右臉頰有手印，我明明是打頭，到底為什麼會這樣？」

要說明很麻煩，所以流平不負責任隨口回應。

「我也不曉得，大概是魷魚乾王的手印吧。」

後來流平打開桌上的報紙翻到社會版，期待昨晚案件或許會出現在第一版，結果……喔喔，有了有了！

〈十乘寺食品會長住處，深夜爆發槍擊案〉的標題映入眼簾。

這座城市現在不曉得有幾萬人在看這篇報導，這麼說來，「他」與「她」是否也在看？

第十一章　在醫院

五月二日的早報，勉強在社會第一版放上十乘寺宅邸的深夜命案報導，就像是還不知道詳情的重大案件，好不容易趕上末班車進版，報導內容如下：

〈十乘寺食品會長住處，深夜爆發槍擊案〉

五月一日深夜，烏賊川市馬背三丁目，通稱「鳥之岬」的十乘寺食品會長十乘寺十三住處遭到入侵。歹徒開四槍之後逃逸，一名男性胸口中槍身亡，另一名男性左手中槍重傷，歹徒犯案動機等詳情尚未釐清，警方已著手調查命案。

如此含糊不清的報導，居然能夠光明正大刊登出來，看來報社這天很缺新聞，才把這篇報導刊出來充數，但實際上不得而知。總之經過這則報導，世間的一般民眾得知了十乘寺宅邸的案件。

這方面暫且不提。

二十四歲的房東二宮朱美，不知道是否也能歸類為「世間的一般民眾」，至少她確實經由這則報導得知這件事。

不用說，她當然嚇一跳，十乘寺十三正是先前造訪鵜飼杜夫偵探事務所的那名老翁。接受老翁委託的偵探，昨天下午抱著報告書前往十乘寺宅邸，朱美當時也在場目送，而且某人在當天深夜入侵十乘寺宅邸。

啊啊，「某人」的真正目的，該不會是一百二十萬現金吧！

肯定是這樣，絕對沒錯，朱美抱持這樣的確信。錯就錯在委託對象剛好是經營食品公司的富豪，昨晚造訪十乘寺宅邸的窮偵探，看到豪宅就產生邪惡心態，毫不考慮後果就在當晚行兇。

朱美如今冒出悔意，覺得自己過度逼他繳清房租也是原因之一，如果不收利息，或許就能防範這場悲劇於未然，啊啊，可是，就算這樣……！

居然為了區區的一百二十萬私闖民宅搶劫，沒想到那個偵探這麼急性子！

滿腦子只有這種想法的二宮朱美，肯定也是急性子的女性。

此時，那名急性子男性打電話給這名急性子女性，這通電話堪稱來得正是時候，也堪稱來得不是時候。

『是我，鵜飼。』電話另一頭的偵探，像是避免被旁人聽到般輕聲細語。『我想拜託一件事，話說妳看過報紙了嗎？』

「十乘寺宅邸的案件吧，嗯，我正在看。」

『這樣啊，那就可以長話短說了，總之我現在暫時不能自由行動，妳懂吧？』

「嗯，我懂。」警察肯定在找他。

『所以想請妳幫忙，其實我想拜託流平，但他也被警方監視，不能輕舉妄動。』

「天啊！」所以流平也是共犯。

『話說回來，我想請妳幫忙的是……』

「等、等一下！」二宮朱美慌張打斷鵜飼這番話。「不可以犯罪，我不能站在你那邊。」

『這部分請妳包涵一下。』鵜飼在電話另一頭稍作停頓。『就我推測，接下來要請妳做的事不構成犯罪，因為妳是房東。』

「當然是犯罪，我怎麼可以當共犯……啊？房東？」

『妳是房東吧？』

「是房東沒錯。」朱美愣了一下。「是房東又怎樣？和這件事無關吧？」

『妳是房東，肯定有備用鑰匙。』鵜飼無視於朱美的困惑繼續說：『妳以備用鑰匙進入我房間，不會構成私闖民宅的罪行。』

「……」朱美語塞片刻。「你在說什麼？」

『請妳到我房裡，打開辦公桌的第一個抽屜。』

「裡面有什麼？啊，難道是手槍？」

『妳是笨蛋嗎？裡面放的是健保卡。』

「！」

這一瞬間，朱美以令人驚嘆的力道掛掉電話，朝著沉默的話機臭罵：「叫我笨蛋是怎樣！說別人是笨蛋的才是笨蛋，笨蛋偵探！」

電話三十秒後又響了。

『忽然掛掉電話太過分了吧？我耳朵好痛。』

「請不要為這種無聊事打電話給我。」

『這不是無聊事，部分負擔和全額負擔差很多，光是房租就讓我頭大，怎麼可以再多付醫藥費？比起付醫藥費，不如把這筆錢拿來付房租，這樣對妳也比較好吧？』

「話是這麼說沒錯……醫藥費？」朱美看向手邊的新聞報導。「你在醫院？為什麼？你不是在十乘寺宅邸嗎？這是怎麼回事？」

『妳也看到報紙刊登十乘寺宅邸的槍擊案吧？我是受害者之一。』

「咦咦咦！」朱美打從心底驚呼，報紙確實提到一人重傷。「所以你受傷了……還好嗎？狀況怎麼樣？醫生怎麼說？」

『我想吃哈蜜瓜。』

「……」朱美啞口無言。「誰叫你回答想吃的東西啊！」

『抱歉，麻煩當作沒聽到。』

「我聽到了啦！」

就這樣，解除一個誤會之後，又產生另一個誤會。

三十分鐘後。

二宮朱美提著巨大哈蜜瓜坐鎮在正中央的水果籃以及一張健保卡，前往烏賊川市綜合醫院，這麼做當然是為了探視「左手中槍的重傷偵探」。

二宮朱美到處尋找不存在的「左手中槍的重傷偵探」，跑遍綜合大樓各處之後，總算抵達鵜飼杜夫的病房。朱美在那裡看見的偵探，只有右腳簡單包著繃帶，而且悠閒躺在白色病床閱讀《新宿鮫》，朱美一眼就看出自己受騙，以健保卡拍打鵜飼臉頰質詢。

「這是怎麼回事？你不是手臂中槍重傷嗎？」

「你說的是旁邊這位。」

鵜飼指著以布簾隔開的鄰床。

朱美確實感覺到旁邊有人，她從布簾上方探頭一看，異常魁梧的一名男性躺在鄰床，左手以繃帶包了好幾層，看起來令人於心不忍。但朱美看不到傷患的表情，而是和坐在床邊椅子照顧傷患的三十歲女性四目相對，大概是傷患的妻子。朱美露出親切的笑容以眼神致意，對方女性也微微低頭回應，朱美問候之後立刻縮回去。

「是佐野先生與他的太太友子小姐。」鵜飼輕聲說明：「佐野先生左手中槍，子彈貫穿手臂，似乎傷得很重。」

「什麼嘛，原來報紙寫的一人重傷是他。」

「沒錯。」

「報紙還寫一人死亡，不是你吧？」

「這問題聽起來很無聊，我一定要回答？」

「不用回答。所以是誰遇害？」

「一名不幸的男性成為犧牲者，明明還很年輕，真可憐。」

「難道是……流平？」

「為什麼這麼想？」

「因為你講得很沉痛，不是他？」

「不是流平，這座城市有個年輕人比他還不幸，是市議員的兒子神崎隆二。但我也還不知道詳情，因為我昨晚腳忽然中槍，由救護車送醫之後一直待在這裡。」

「是喔，所以你真的中槍，就是這個傷？」朱美指著鵜飼腳上聊勝於無的繃帶。

「可是報紙沒寫啊？」

「哼，以強悍為賣點的私家偵探，要是受傷上報就很丟臉。」
「也就是被忽略了？」
「似乎是。」
看來他的傷沒有嚴重到需要列為傷患，這是好事。

「我們想詢問昨晚的案件。」
幾分鐘後，砂川警部與志木刑警來到病房說出這句話。在這次的案件，二宮朱美是第一次見到這兩名刑警，但她在上次的白波莊密室命案見過兩人，因此刑警們一看到她就露出「又是妳！」的表情，二宮朱美也抱持同樣的想法。又是這兩人？這座城市沒有其他刑警嗎？
刑警們拉開隔離兩名傷患的布簾，站在兩張病床中間。朱美至此首度親眼看見佐野的長相，他是皮膚黝黑的運動員類型，粗獷的輪廓與正直的眼神令人印象深刻。
「抱歉打擾兩位休息。」砂川警部姑且朝兩名受害者拿出警察手冊示意。「原本應該分開問訊，在同一間病房就沒辦法了，我想一起詢問兩位節省時間，方便嗎？」
「請便請便。」鵜飼隨口同意。「砂川警部，恭候大駕好久了。」
砂川警部拒絕和偵探套交情，把鵜飼這番話當成耳邊風，完全不當成一回事。

「好的，刑警先生，我也不在意。」

佐野在友子的攙扶之下，坐起上半身如此回應。

「我也不介意。」朱美故作自然。「刑警先生，請開始吧。」

「等一下。」砂川警部察覺到朱美位於這裡並不自然。「妳不是關係人吧？方便迴避嗎？」

這可不行，絕不能錯過如此有趣的場面。

「很遺憾，我是他的關係人，無須隱瞞，我是鵜飼偵探事務所實質上的老闆，所以我有權利知道部下捲入什麼事件。好了，刑警先生，我不會礙事，請開始偵訊吧，再不快點問話會超過時效喔。」

「講時效就太誇張了。」砂川警部板著臉詢問鵜飼：「不過，這是真的嗎？你真的是她的部下？」

「呃，總之，該說是部下嗎……也可以算是樓下吧。」

「這樣啊，嗯，好吧，妳別礙事啊。」

「警部，可以這樣嗎？」旁邊的志木刑警不滿插嘴：「總覺得您被她騙了……」

「就算這時候趕走，她後來也會問偵探吧？所以沒差。那我就開始問了。」

砂川警部坐在志木刑警遞過來的摺疊椅，打開手冊開始詢問。

「先從鵜飼偵探開始。」砂川警部改為辦正事的語氣。「關於你昨天造訪十乘寺宅邸的原因，十三先生說他向偵探提出徵信委託，調查孫女櫻的三位夫婿候選人，你調查完畢之後於昨天造訪，所以十三先生在會客室私下款待你，這部分沒錯吧？」

「既然十三先生這麼說，那就沒錯。」

「你與戶村流平在會客室盡情吃喝之後醉醺醺睡著，當時是幾點？」

「不清楚，我記得有看完電視的棒球轉播，應該是後來睡著的，大概晚間九點到九點半吧，問流平或許會知道正確時間。」

「嗯，不過戶村流平也喝很多酒醉倒，所以也記不清楚，而且他喝醉會把之前的記憶一同搞混，所以不能信任，這一點你也很清楚吧？」

「非～常清楚。」偵探大幅點頭。「別相信他確實是明智之舉。」

「哼，算了。」砂川警部露出死心的表情，提出下一個問題。「總之，你睡在會客室沙發一直沒醒，然後忽然就遭遇事件。」

「是的，我是在熟睡時中槍。」

「時間是？」

「晚間十一點五十分，我看過手錶確認。」

「你是否看到開槍凶手？」

「沒看到。」

「依照戶村流平的證詞，你中槍之後，有個戴著白頭套的可疑人物——由於看不出性別，只能用這種方式稱呼——從窗口看向室內，那個傢伙握著手槍，所以肯定是對你開槍的凶手，你心裡有底嗎？」

「這樣啊，不過很遺憾，我沒看到對方長什麼樣子，因為我當時受了重傷。」

「別講得這麼誇張，醫生怎麼說的？」

「醫生說只是擦傷。」

「看吧？」

「昨晚是昨晚，今早是今早，昨晚的我確實受重傷……」

「知道了知道了。」砂川警部像是在安撫耍賴的孩子。「話說回來，我對你腳中槍之後的行動有意見，依照關係人的說法，你中槍之後就只是喊痛，完全沒幫忙？」

「這也沒辦法吧？腳中槍的我沒辦法追凶手，但我有聽到槍聲，首先是在會客室朝我開一槍，接著別館方向連續響起第二與第三聲槍響，間隔一段時間之後是最後一槍……啊，恕我失禮，佐野先生應該不願回憶當時的狀況吧？」

「不，沒關係，畢竟是事實，何況我只有手臂受傷還算好。相較之下，中槍喪命的神崎先生……」

佐野說到這裡，臉色比剛才朱美看見時蒼白，大概是案發當時經歷在腦中復甦，也可能是中槍的左手狀況不佳。這麼說來，鵜飼剛才提到佐野的傷是「子彈貫穿左手」，事實上絕對不是小傷。

砂川警部轉身面向佐野。

「要是你身體不舒服，我們會先迴避，可以等下午繼續偵訊。」

「不，沒關係，我務必要協助搜查，不只為了神崎先生。我自己最重要的身體，是擔任隨扈必備的工具，卻被歹徒折騰成這樣，我懊悔不已。」

「嗯，關於您的左手，醫生怎麼說？」

「……」佐野以沉鬱的表情回應：「醫生說很難完全康復，雖然不會完全影響到行動，卻不可能完全恢復原本的力氣，會留下某些後遺症或障礙。」

「這樣啊，畢竟是在極近距離中槍，不過應該慶幸是手臂中槍，如果是頭部或胸口就沒命了。」

「但這對我是致命的影響，畢竟我從事這一行，光靠單手無法勝任。畢竟我沒聽過獨臂隨扈，如果只是擔任管家，比我優秀的人要多少有多少，我一想到將來就擔心得不得了。我這個人……至少曾經以業餘摔角手身分頗受好評的我已經完了，所以刑警先生，我竭盡所能也要逮到打殘我左手的那個人，所以請儘管問，我有問必答。」

砂川警部如同懾於佐野的氣勢，在摺疊椅挺直背脊。

「這樣啊，那我請教佐野先生，如同您剛才聽到的，凶手在會客室朝這個偵探開了一槍，您是在哪裡聽到槍聲？」

「在幫傭宿舍自己房間的床上，時間也如他所說，大約是晚間十一點五十分。」

「那麼，您太太也在旁邊？」

「不，我和內人不同房。」

旁邊的友子默默點頭。

「啊啊，這樣啊。」砂川警部點頭回應：「您聽到槍聲之後的反應是？」

「老實說，剛開始我不知道是什麼聲音，還以為是做夢。我這麼說有點像藉口，畢竟幫傭宿舍和主館有段距離，不像主館人們可以清楚聽到槍聲。但我還是很擔心，所以先從臥室窗戶觀察外面的狀況，發現會客室已經開燈，而且似乎越來越慌亂。我心想狀況不妙，但還是沒想到是槍擊案，以為是小偷入侵。此時我內人也覺得不對勁過來找我，我們一起離開房間前往主館，不過走到一半，我發現通往飛魚亭的階梯有人影。」

「嗯，這是重點。」砂川警部探出上半身。「你一發現人影，就讓太太獨自前往主館，並且單獨前去追那個人影，對吧？」
「正是如此，我追著人影爬階梯前往飛魚亭。途中，主館的人們警告我『那裡有危險，快回來』，但我過度自信，無視於忠告繼續前進。現在回想起來，主館眾人知道對方持槍才會這樣警告，或許我知道這件事就不會逞強。」
「啊，原來如此。」砂川警部像是總算理解般點頭。「你不知道對方有槍，以為只是普通的小偷，所以認為空手也足以對抗。」
「是的，我走上階梯，在飛魚亭門口聽到第二與第三聲槍響，才知道對方有槍，當時我終究嚇一跳而且害怕，但情勢已經不准我回頭。所以我衝進門後，凶手大概剛好在飛魚亭露臺行凶結束，他從建築物後方現身跑向我，然後我就和凶手在飛魚亭庭園直接對峙。」
「所以你正面看見凶手？」
「是的。」
「對方有什麼特徵？」
「這部分，我無法提供您想要的答案。」佐野愧疚地說：「首先，對方肯定是男性，身高大約比我矮一個頭，所以是一百七十公分左右。但他身上的長大衣遮蔽身體線條，臉上又戴著白色頭套，手上戴白手套，簡單來說，他的裝扮讓我完全看不出來是什麼人。」

「你為什麼能斷言對方是男性？是否可能是高大的女性？」

「不，不可能。我撲向眼前凶手交戰的時間不長，不過是扭打在一起，我在扭打瞬間就知道對方是男是女。」

「原來如此，所以你是在扭打之後中槍？」

「是的，扭打時間應該只有短短十秒，再長也只有十五秒。我即將制伏對方的時候，大概是幾乎確信勝利而產生破綻吧，凶手忽然把隱藏的手槍抵著我的左手開槍，左手受創的我當場倒下，好一段時間發不出聲音。後來凶手從我身邊離開，我不清楚他逃往哪裡。一陣子之後，少爺與田野上先生他們趕過來，我至此才恢復意識，好不容易站起來前往露臺。」

「為什麼是前往露臺？」

「凶手來自露臺，現身之前還傳出兩聲槍響，我覺得露臺那裡肯定有人中槍。」

「嗯，你的判斷很正確，事實上，神崎隆二就是在露臺中槍身亡。」

「是的，我嚇了一跳，拚命跑到神崎先生那裡扶起他，但他已經斷氣，抱著步槍的少爺等人也隨後來到現場，接著……之後就由他們處理了。當時我用盡氣力與體力，目擊的狀況沒有詳細到足以說明，只記得升村先生不知為何在飛魚亭裡，我被兩人攙扶回到主館，田野上先生以毛巾為我包紮手臂，後來我不小心昏迷，醒來時已經躺在醫院床上。」

佐野說到這裡輕輕吐出一口氣，他的表情看起來疲憊又放心，似乎是將漫長又痛苦的記憶述說完畢。

沉默片刻之後，佐野戰戰兢兢詢問。

「我想請教刑警先生們的見解，各位對於昨晚的案件有何看法？比方說，是否和之前馬背海岸的遊民命案有關？」

「對，重點來了！」至今沉默的偵探忽然充滿活力。「警部先生，怎麼樣，昨晚的手槍就是殺害遊民的那把吧？對吧？不是這樣才奇怪，沒錯吧？」

「喂，你吵死了！」砂川警部在摺疊椅翹起二郎腿，刻意向後挺直身體。「好，就讓各位聽聽警方的見解吧，反正沒必要隱瞞，你們也有權利知道。」

「喔～真大方！」

鵜飼嘲諷般拍手。

「你們洗耳恭聽吧，其實這個案件到此為止。」

「咦！」佐野驚聲詢問：「怎麼回事？」

「昨晚有幾項重大發現。首先，我們在山崖前端發現大衣與鞋子，在大衣口袋找到白頭套與白手套，而且都檢測出硝煙反應。」

「換句話說……」志木刑警插嘴補充。「這應該是凶手昨晚犯行所穿的衣物。」

「對。此外，我們也在靠近山崖前端的圍籬底下發現手槍，佐野先生，其實這把手槍來歷很特別。」

「細節容我省略。」志木刑警再度補充。「那是警方之前就在尋找的八連發自動手槍，那把手槍至今朝『某警官』開兩槍、朝遊民開一槍，又在昨晚開四槍之後用盡子彈，就這樣棄置於現場。」

「嗯，既然凶手拋棄手槍，今後應該不會再發生槍擊案。」

「咦？」鵜飼立刻提出反駁。「兩槍加一槍加四槍，合計只有七槍，手槍是八連發吧？這樣子彈沒用盡啊？」

「這不是什麼大問題。」砂川警部如此斷言。「大概是手槍原本只裝填七顆子彈吧，這沒什麼好奇怪的，就像車子不可能隨時加滿油。」

唔～真誇張的理論。朱美無言以對，她覺得汽油和子彈的狀況不同。

「所以警方做何見解？為什麼能認定案件到此為止？」

「換句話說，凶手的行動如下。」砂川警部緩緩述說：「昨晚潛入十乘寺宅邸的凶手，在會客室槍擊偵探，在飛魚亭露臺槍擊神崎隆二，接著槍擊佐野先生之後無處可逃，手中的槍已經沒有子彈，凶手認定死路一條，拋棄手槍站在山崖前端，脫下白頭套與白手套放入大衣口袋，再脫下大衣與鞋子，整齊疊放在山崖邊緣之後跳海。」

「順帶一提……」志木刑警再度補充說明。「警方已安排潛水夫到鳥之岬海域搜索，肯定很快就會找到凶手，不過是屍體。」

「嗯，打撈到屍體之後，我們的搜查也告一段落。」

「這樣啊……」佐野露出認同的表情。「所以凶手果然死了，總覺得有點失望，不過這麼一來，案件已經結束了吧？」

「哎，整個案件以凶手死亡作結，我們也感到遺憾，但是無可奈何。」

砂川警部說著展現遺憾的樣子，不過這是真的嗎？如果案件真的結束，這段偵訊過程又有什麼意義？朱美實在無法釋懷。

而且，另一個無法釋懷的人繼續詢問砂川警部。

「警部先生，請等一下。」是鵜飼。「你沒當真吧？這一切都是殺人魔毫無計畫犯案，而且凶手跳海自殺？你並非認真這麼認為吧？那我想請教一下，我為什麼會在會客室中槍？神崎隆二為什麼會在那個時間位於飛魚亭露臺？升村光二郎的事要怎麼解釋？他也是湊巧待在飛魚亭？凶手的目的又是什麼？喂，回答啊！」

隨即……

「那麼，志木刑警，既然我們想問的都問完了，時間差不多了。」

「說得也是，砂川警部，我們離開吧。」

兩名刑警同時起身收起摺疊椅，假惺惺留下「請保重」的問候，匆忙離開病房。

那兩個刑警逃走了。他們離開的速度令朱美如此懷疑。

留在房內的鵜飼沉默不語，處於不曉得在思考還是恍神的狀態，接著他抬起頭。

「對喔，對喔！果然是這樣！那兩人企圖獨占難得一見的密室，絕對不能讓他們稱心如意！」

他說出這番莫名其妙的話語，忽然充滿活力跳下床。

接著他像是念咒語般，說著「不能這樣下去，不能這樣下去」把朱美趕出病房，愣住的朱美再度獲准進入時，鵜飼已經完成出院準備，身穿老舊西裝加上皺巴巴領帶，右手提著水果籃，左手拿著健保卡。

「怎麼忽然這樣，不再假裝受重傷了？」

「對，不裝了。」鵜飼答得很乾脆。「不是做這種事的場合了，既然這樣，我要立刻出院。」

「咦！鵜飼先生，您要出院？」鄰床的佐野也詫異於鵜飼的變貌。「繼續靜養一陣子也無妨吧，我沒人聊天會很孤單，難道是忽然發生大事？」

「對，忽然發生大事了，剛才聽佐野先生與刑警先生說完之後，我明顯感覺本次案件隱藏著離奇犯罪的要素，所以不能繼續靜養下去。朱美小姐，我們走吧！」

鵜飼簡單向佐野夫妻致意之後離開病房，拉著朱美穿過走廊，抵達走廊盡頭的櫃檯，把健保卡放在中年職員面前付清醫藥費。

「唔～好貴啊～」鵜飼接過收據審視低語：「一萬三千五百四十二圓，不得已了，我要想辦法讓十乘寺的老爺子出這筆醫藥費……好，朱美小姐，走吧！」

偵探再度拉著朱美快步前進，朱美當然忍不住心想，這個偵探為何慌張成這樣？他說的離奇犯罪是什麼？所謂的離奇犯罪是密室、不在場鐵證或是離奇失蹤之類的，但是現實世界真的會發生這種事？怎麼可能？

兩人走出醫院繞到停車場。

「我昨晚是被救護車送到這間醫院，所以沒車。朱美小姐，不好意思，可以請妳載我到鳥之岬的十乘寺宅邸嗎？」

在並排的各種車輛之中，鵜飼看到一輛進口車，就這麼伸手一指。

「朱美小姐的車是哪一輛？啊啊，那輛可愛的車吧？」

「不，那是迷你古柏。」朱美有點難為情。「我的是旁邊那輛。」

「啊啊，是那輛……這樣啊，哇～」鵜飼有點意外。「雖然是名車，但妳開的車子真不可愛。」

「真、真抱歉啊，別管這麼多啦！」

朱美表面逞強，內心卻感到羞愧。

哎，德國車確實沒有可愛的要素，尤其是賓士。

第十二章　假設只是假設

兩名刑警在醫院對佐野與鵜飼偵訊結束之後，就這麼一直線回到鳥之岬，卻在途中刻意在馬背海岸稍作休息。

案發現場鳥之岬的懸崖絕壁，如同矗立於海岸旁邊的茶褐色屏風，抬頭看得見飄浮的白雲，以及來回飛翔尋找食物的燕鷗與海鷗，正下方的遼闊海面如同鏡子映照晴朗天空，呈現一望無際的亮藍色。看向外海，出海捕撈烏賊的白色漁船像是海市蜃樓，看向近海，在白色浪花裡若隱若現的潛水夫們，正在奮力尋找屍體。

「啊啊，真悠閒……」

砂川警部站在兩公尺見方的平臺形大岩石上，吞雲吐霧如此低語。

「警部，恕我直言。」志木一如往常，站在同一塊岩石上陪同警部。「警部只是在悠閒摸魚，大家都在拚命，一大早就反覆潛水搜尋，五月的海水明明還很冷……」

「志木，你這話是什麼意思？話先說在前面，那可不是我下令的，是上級指示，我並不贊成。」

對，正是如此。從案發現場來看，凶手很有可能跳崖墜海，所以警方非得下海搜尋，這是制式化的搜索方式，砂川警部在這方面處於批判的立場。

「仔細想想就是這麼回事吧？如果這樣找得到屍體就很輕鬆，但是不值得期待，肯定什麼都找不到，這樣終究只會正中凶手的下懷。」

「雖然您現在這麼說，但我們從今天早上，不是在各處宣稱『案件已經結束』、『凶手已經死亡』嗎？」

無論在十乘寺宅邸或是在醫院，只要相關人士詢問警方的見解，砂川警部與志木刑警都是這麼說。

「這也是一種作戰，只是假裝上了對方的當，這樣敵人也會粗心大意。何況以我們的立場，與其說『真相還在五里霧中』，說『案件已經結束』不是更有面子？」

大海上的小船，在馬背海岸的兩人眼中如同一葉扁舟，潛水夫們則像是水黽，原來那些潛水夫只是用來保住警方面子，讓凶手放心的幌子。

「像那樣潛入海裡的人們聽到您這番話，肯定會失望。」

「放心，反正那些傢伙聽不到，呼呼呼……嘿！嘿！」

心想這是什麼聲音的志木看向警部，原來砂川警部正以菸頭輕戳橫越岩石的螃蟹軀殼。

「警部，恕我直言。」志木低著頭說：「現在不是欺負螃蟹玩樂的時候！」

砂川警部受到部下斥責，把菸蒂收進攜帶式菸灰缸，稍微恢復正經。

「抱歉，我想起一些往事。沒錯，現在不是和螃蟹玩的時候。」

撿回一條命的螃蟹從岩石上全速逃走，砂川警部目送螃蟹離去，從西裝胸前口袋取出一本手冊。

「沒辦法了，開個案件檢討會吧。」

他的態度就像是在進行最不想做的工作，總之這是志木期望的進展。

「山崖前端的大衣與鞋子，警部果然認為是凶手故布疑陣吧？那只是凶手偽裝成跳海，實際上沒這麼做。」

「嗯，應該是這樣。」

砂川警部說著又點燃一根菸。

「這麼一來，凶手就是升村光二郎了。他確實有殺害神崎隆二的動機與機會，可是該怎麼說，他這麼做太冒失了吧？」

「確實，案發當時，飛魚亭周邊是近似密室的封閉環境，神崎隆二在這種狀況遇害，升村光二郎完好無傷迷迷糊糊倒在一旁，這種狀況只會令人認為升村殺害神崎，這樣確實過於理所當然，毫無離奇可言。何況如果是升村犯案，這種做法也太直接了，對他來說，刻意讓自己成為嫌犯絕非上策。」

砂川警部朝空中輕吐一口煙。

「他或許是被嫁禍的。但如果凶手沒跳海，升村光二郎又不是凶手，剩下的可能性就非常有限。」

「畢竟是密室。」

「嗯，要形容成密室或許也行。飛魚亭在海角前端，只以一條階梯和主館相連，除此之外沒有通路，而且周圍是絕壁與海。」

砂川警部一邊說，一邊以手上香菸的火光，指著矗立在海面的鳥之岬。

「嗯，實際上，那座海角的前端就像是浮在海面上的高空。如果那是密室，就可以稱為空中密室，聽起來挺浪漫的，但實際上就難說了。」

空中密室啊……或許可以這麼形容。志木如此思索時，砂川警部提出別的見解。

「但是這麼一來，或許應該思考不在場證明的問題。」

「啊？您是說誰的不在場證明？」

「當然是十乘寺宅邸的人們。」砂川警部如此斷言。「十乘寺宅邸的人們確實有不在場證明，眾人是在不同地方獨自聽到第一聲槍響，但接下來的連續兩聲槍響——奪走神崎隆二性命的兩聲槍響，幾乎所有人都是一起聽到，具體來說……」

砂川警部將目光移到手冊，這本手冊和警察手冊不同，是他愛用的記事本，他會在這本手冊又寫又刪，構築自己的見解。志木知道他有這本手冊，卻沒有詳細看過內容，不曉得是裡頭寫著不能見光的寶貴機密事項，還是字跡潦草到不能見光，肯定是兩者之一。

「當時的會客室裡，是鵜飼杜夫與戶村流平這對搭檔。」砂川警部說到這裡，姑且確認這對搭檔不在附近。「第一聲槍響之後，首先趕來的是十乘寺十一與田野上秀樹，道子與櫻隨後趕到。會客室裡有這六人，室外還有兩人，分別是拿著步槍的十乘寺十三，以及後來趕到的友子。接下來，佐野位於距離有點遠的飛魚亭門口，許多人都有看見他。換句話說，這九人是在確認彼此都在場的狀態，聽到第二與第三聲槍響，所以都有不在場證明。」

沒有不在場證明的，當然只有升村光二郎。

「接下來的第四聲槍響，留在會客室裡的是鵜飼、道子與櫻，會客室外是十三與友子，這五人的不在場證明成立。另一方面，前去支援佐野的十一、田野上與戶村三人，走到一半聽到第四聲槍響，而且會客室這邊的人們也有看到他們，所以他們的不在場證明也堪稱成立。」

「所以從第一槍到第四槍，也就是在整個案件之中，只有升村光二郎一直沒有不在場證明吧？」

「不，還有一人。」

「還有一人……是誰？」

「佐野。」砂川警部闔上手冊繼續說：「從不在場證明來看，他是僅次於升村光二郎的嫌疑人，他在第一槍與第四槍沒有不在場證明，而且第二與第三聲槍響時，也距離其他人很遠。」

「但就算距離很遠，大家還是看到他站在門前，何況如果他是凶手，就代表他是以第四槍射穿自己的手臂，這就有點……」

「但你想想，假裝成受害者欺騙警方，是凶手常用的手法吧？實際上就發生過類似案件，凶手為了擺脫嫌疑，拿槍打自己的腳。」

「……」

「咦！真的有？」

「有，那是一本很不錯的作品，記得是克莉絲蒂的著作。」

好蠢，認真聆聽的自己真是虧大了。志木完全失去興致。

「呼呼呼呼呼……」

就在這個時候，某處傳來大膽無懼的笑聲，志木在岩石上張望，卻找不到聲音來源，只聽到一個偏高的男性聲音。

「警部先生，既然假裝成受害者欺騙警方是凶手常用的手法，那他應該也有嫌疑吧？」

「唔唔，是誰！在哪裡！」

發出神祕聲音的人現身，回應砂川警部的呼喚。

「我在這裡，這裡。」

這名男性位於大岩石靠陸地的方向，面海而坐的刑警們背後，是看起來聰明英俊的熟悉臉孔——田野上秀樹。

「原來是你。」砂川警部抗議：「站在旁邊偷聽是不好的行為。」

「不，我是蹲在岩石下面聽。」

不愧是烏賊川市大的講師，講話就像囂張的小學生。

「你幾時躲在那裡的？」

「從警部先生消滅螃蟹的時候直到現在。」

「不准講得這麼難聽，我哪有消滅螃蟹！」

「咦，這樣啊，那您剛才在做什麼？」

「慢著，這我不能說。」他似乎不敢說剛才在用菸頭燙蟹殼。「話說回來，你剛才那句話是什麼意思？『他應該也有嫌疑』指的是誰？」

「哎呀，警部先生，要我說得這麼明？呼呼呼呼呼呼……」

他再度笑出聲，每次都笑好久，砂川警部在大岩石上偷偷朝志木低語。

「這個人是怎樣？真令我不舒服，是偵探的親戚？」

「確實很像，總之，請多忍耐一下吧。」

志木決定對田野上秀樹使用挑釁戰術。

「很抱歉，我們警方沒空慢慢聽你們這種外行人的想法，想說什麼快點說。」

「哼，那我就告訴兩位吧。很簡單，昨晚案件的受害者除了佐野先生，更應該先點名那個人吧？是的，就是遇害的神崎隆二。」

「什麼？」砂川警部大感意外。「你的意思是說，神崎隆二看似受害者，實際上卻是凶手？這理論挺奇怪的。」

「但警部先生不認為凶手跳海而死吧？就算這樣，如果是升村犯案也太直接了，我也贊成這個意見。話雖如此，飛魚亭周邊確實是密室狀態，凶手當然不可能像一陣煙從密室消失，若要尋找其他的可能性，就只能做出這個結論：受害者神崎其實是凶手。」

「總歸來說，神崎是……」

「對，是自殺。」田野上說到這裡再度發作。「呼呼呼呼呼……」

砂川警部利用田野上笑很久的這段時間，再度向志木低語。

「他說密室的結論是自殺，我是讀者肯定會把書撕成兩半。」

幸好砂川警部不是讀者，是劇中角色。

「但他充滿自信喔，瞧他笑成那樣。」

「哼，如果只要笑就好，狗也會笑。」接著砂川警部從大岩石上方呼喚田野上：「你的推理實在有趣，麻煩說清楚一點，你覺得海角前端在昨晚發生什麼事？」

「很簡單。」田野上秀樹終於說出自己的見解。「神崎在昨晚十一點五十分，朝會客室的偵探開一槍，當時他戴頭套穿大衣，完全隱藏自己的外表，等到宅邸裡的人們注意力集中在會客室，就獨自前往飛魚亭。十三先生說過，他一醒來就在庭院發現人影，這個人影就是前往飛魚亭的神崎，呼呼呼呼呼……」

又笑了，這次是志木趁著這段期間向砂川警部低語。

「就目前為止，聽起來姑且煞有其事。」

「那種程度誰都說得出來，不算是推理。」田野上笑夠之後繼續說明：「抵達飛魚亭的神崎，以最快速度脫掉大衣、頭套與鞋子，放在山崖前端，而且當然換穿另一雙鞋。接著他前往露臺躺在地上，這是因為比起躺在躺椅，躺在地上更像是遇害，神崎就這樣以手槍抵著頭扣下扳機，但是子彈沒打中頭部，大概是死前的恐懼感令他失手吧，子彈打入頭部旁邊的地面。我昨晚和十一先生一起發現屍體的時候看得清清楚楚，有一顆沒打中的子彈，陷入屍體頭部旁邊的地上！」

「喔～」砂川警部輕輕拍手。「你觀察得這麼清楚啊，佩服佩服。」

「不可以瞧不起我，任何人只要有正常觀察力都會發現，總之神崎這槍沒打中頭部，接著立刻把槍口抵在心臟部位再開一槍，這就是連續發出第二與第三聲槍響的原因，神崎就這樣依照原本目的死亡。」

「所以佐野是在神崎死後抵達飛魚亭？」

「是的。」

「既然你這麼認定，那是誰開槍射傷佐野左手？」

「當然是佐野自己。」田野上毫不猶豫斷言。「佐野在露臺發現神崎的屍體，發現手槍掉在旁邊，就拿起手槍回到小庭園，朝自己手臂開槍，偽造成在這時候被不知名的凶手槍擊。」

「基於什麼原因？他為何需要這麼做？他是十乘寺家的隨扈，手臂堪稱做生意的工具，手臂殘障將會失去工作。實際上，人在醫院的佐野也擔心提到這件事，那他為什麼要這樣？」

「不，正因為是做生意的工具才這麼做。佐野的身體確實很特別，正因如此，我判斷他對身體辦理高額的保險，是的，這是期望暗中自殺的神崎，和想要詐領保險金的佐野聯手設計的案件，只要將所有罪狀推給無名的大衣蒙面人，彼此都能順利完成企圖吧？」

「所以升村只是湊巧位於飛魚亭？」

「天曉得，這我不清楚，或許凶手們想陷害升村，畢竟嫌犯越多真相就越難釐清。」

田野上的見解隨著滿臉笑容結束，接下來好一陣子，刺耳的笑聲響遍馬背海岸，而且是漫長到令人覺得浪費時間的笑聲。

三十分鐘後，兩名刑警從馬背海岸轉移陣地到飛魚亭露臺。這裡是昨晚的行凶現場，屍體所在的位置，如今以白色繩索圍成人型。

「剛才的推理就當作沒聽過吧，那種推理過於突兀，我甚至懶得證實。」

「一點都沒錯，何況自殺或是詐領保險金的人，可不是隨處都遇得到。」

「那段推理的可取之處，就是明示蒙面人與升村光二郎以外的人物，也可能以某種方式犯罪，這一點令人讚賞。此外也提到佐野可能是共犯，這部分值得深思。」

砂川警部這番話，使得志木也開始感興趣，相較於一直待在主館的十三、十一、戶村與櫻等人，佐野明顯位於犯罪現場附近，質疑他的行動或許能找出破案線索。

「假設佐野是凶手，將會是什麼狀況？要不要模擬他單獨犯案的狀況？」

「佐野？單獨犯案？不可能吧？」

「我知道不可能，我們先假設佐野是凶手，確認哪些環節會成為障礙，這樣或許找得到破案頭緒吧？」

「好吧，你試試看，我會毫不客氣點出矛盾之處，就算把你的推理批得一無是處也別恨我啊。」

砂川警部壞心眼說完之後，在躺椅上伸直身體，這似乎是他聆聽推理的姿勢，志木感覺著些許緊張說起推理。

「首先，晚間十一點五十分，佐野在會客室朝偵探開一槍，沒問題吧？」

「可以直接跳到這一步？」砂川警部忽然喊停。「假設佐野是凶手，在開槍之前有事情要做吧？」

「……」

要做什麼事？志木思索片刻。「對喔，首先，佐野叫神崎隆二前往飛魚亭。」

「也別忘了升村。」

「說得也是，佐野讓升村熟睡之後，把他帶到飛魚亭，完成這些準備之後，佐野以頭套與大衣變裝，在會客室開第一槍，這樣如何？」

「嗯，按照常理應該是這個順序。」

志木鬆一口氣，繼續述說虛構的故事。

「接下來，佐野迅速回到幫傭宿舍，假裝在自己臥室聽到槍聲，和友子一起趕到主館。」

「喂，頭套與大衣去哪裡了？扔掉了？」

「不，當然不能扔掉。」

頭套、大衣與運動鞋，必須在最後放在山崖前端，不能整個扔掉。

「我知道了，佐野開第一槍之後，立刻脫掉頭套與大衣，暫時藏在階梯下方，回到幫傭宿舍和友子會合，後來在友子面前謊稱『看到階梯有人影』和她分開，拿起階梯下方的頭套與大衣，以魁梧身軀擋住衣物，獨自沿著階梯跑上飛魚亭。」

「總覺得這樣很匆忙，先不計較了。問題在這之後，佐野走上階梯時的兩聲槍響怎麼解釋？」

「唔～佐野抵達門口時，先以手上的槍對空開兩槍，讓宅邸的人們聽到槍聲。」

「真大膽，然後？」

「然後佐野進門，先到山崖最前端，把大衣、頭套與鞋子放好，而且當然在這時候換鞋。」

「嗯，這部分和田野上剛才的說法相同，以佐野的狀況，時間好像有點緊湊。總之先不計較，然後？」

「然後佐野前往飛魚亭露臺，朝著預先找來的神崎隆二開兩槍，先是掐住對方脖子往頭部開一槍，這槍落空之後，朝心臟開一槍成功殺害。」

「喂喂喂，槍聲呢？沒人聽到這種槍聲啊？」

「啊，說得也是，唔～那就當成裝了消音器。」

這種假設太隨便，立刻遭受反駁。

「別亂講，凶手是以湊巧撿到的槍犯案，要從哪裡弄消音器？到頭來，真的有消音器能裝在私造手槍上？」

「這……也對。」志木搔了搔腦袋，消音器這種東西確實太稱心如意。「那就用老套做法，以毛巾之類的東西裹住手槍發射，這樣就沒槍聲了。」

「案發現場沒毛巾啊？」

「這個嘛，大概是扔進海裡了。」

「越來越忙了。」

「後來佐野回到小庭園，朝自己手臂開槍，再把手槍扔到圍籬底下，而且當然有擦掉指紋。」

「等到十一先生與田野上他們趕到時，就在他們面前假裝成受害者？」

「是的。」

「原來如此。」砂川警部咧嘴露出無懼的笑。「話說回來，你這樣開了幾槍？」
「啊？」志木慌張屈指計算。「唔～一槍加兩槍加兩槍加一槍，合計六槍。」
「除此之外，那把手槍至少還開過三槍，分別是在中山章二的公寓兩槍，以及在馬背海岸的一槍，這樣合計幾槍？」
「合計九槍。唔唔，真遺憾！」
行凶手槍最多只能裝填八顆子彈，但志木還不死心。
「佐野有沒有可能多帶一顆備用子彈？」
「不可能，理由和消音器一樣。」
是的，即使偶然撿到手槍，也沒辦法偶然得到備用子彈，不可能有這種事。
即使如此，志木依然固執認為有某種方法能解決這個問題。畢竟只是八槍和九槍的差別，如果是八槍和十一槍的差別，他就會早早放棄改想其他方式，偏只是八和九，以彩券的狀況就是接近獎，如果是夏季大樂透彩券就中了一億圓，這種些許差距令他惋惜。
再一槍，只差一槍，會不會遺落在某處？慢著，肯定漏找了，啊，難道……！
「這麼說來，警部，射穿佐野左手的子彈，到最後還是沒找到，貫穿手臂之後就沒下文了。」

「嗯，沒錯。難道說，你……」
「就是您想的那樣，假設貫穿佐野手臂的不是子彈呢？這樣彈數就符合吧？」
「那我問你……不對，其實我不想問……如果不是子彈，貫穿佐野左手的東西是什麼？」
「當然是又細又長的利刃吧，比方說西洋劍造成的傷口，看起來就很像子彈貫穿吧？」
「所以是怎樣？佐野以自己右手拿西洋劍刺左手？而且還假裝是中槍？」
「是的。」
「好血腥，我想吐。」
「不可以想像。」
「順便問一下，這把西洋劍去哪裡了？」
「我想，果然也是扔進海裡……」
「你啊……」砂川警部一臉無奈。「剛才的毛巾也好，西洋劍也好，你該不會覺得有問題的東西都扔進海裡就好吧？海不是罪犯的垃圾桶。」
「不、不行嗎？」
「先不提其他案件的狀況，只有這次不行。」

「為什麼？」

「凶手這樣行動是自打嘴巴，聽好了，凶手把大衣與鞋子放在海角前端偽裝成跳海，另一方面卻照你說的方式，把布局用的道具全扔進海裡，這樣很奇怪吧？潛水夫們隔天早上肯定會拚命在海裡搜索，怎麼可能把重要的證物藏在那裡？這就像是一邊把證物藏在海裡，一邊歡迎大家去海裡找，不覺得這種做法很笨嗎？」

「凶手說不定是笨蛋。」

「如果凶手是笨蛋，我們就不會這麼辛苦了！」

說得也是，志木感到不是滋味。但砂川警部說的沒錯，至少本次案件的凶手，不可能把布局用的道具扔進海裡。就算這麼說，依照昨晚搜索成果，飛魚亭與周邊都沒有找到任何可疑物品，所以凶手沒使用手槍以外的物品？

看來「佐野單獨犯案論」到此為止，志木自認推論得還不錯，真可惜。

到最後，志木提出的假設只差一步，不，應該說多了一槍，假設終究只是假設。

不過，意外有人堅持這個連志木都放棄的假設，不是別人，正是砂川警部。

他離開案發現場前往主館時，若有所思停在飛魚亭門口，接著忽然面有難色環視周圍，稍微呻吟之後詢問志木。

「依照你的假設，單獨行凶的佐野，是在這扇門前對空開兩槍？」
「是的，怎麼了？」
「假設不是兩槍，而是一槍呢？」
「啊？」
「把對空開的兩槍省略為一槍，就可以省下一顆子彈吧？這麼一來，這一連串犯行使用的子彈就不是九顆，是八顆，那把手槍無法開九槍，但是可以開八槍，佐野的犯行就可能成立。」
「話是這麼說，但要怎樣才能把兩槍省略為一槍？佐野站在門口時，主館人們確實聽到連續兩聲槍響啊？」
「或許佐野在門口只以手槍對空開一槍，在主館的人們卻聽成連續兩聲槍響。」
「咦！這是怎麼回事？」
「回聲。」
「那是什麼？清醒的意思？」
「你說的是『回神』，我在說『回聲』！」接著砂川警部開始說明：「你看看十乘寺宅邸這麼特殊的地理位置，兩層樓高的主館是長方形，就像一面巨大的牆壁，很容易反射聲音。相對的，飛魚亭所在的海角前端和主館落差很大，因此是以階梯相連，階梯以外的地方都是陡峭斜坡，換句話說，從十乘寺宅邸主館到飛魚亭是一大塊低窪地區，位於這種地形的佐野，在飛魚亭門口開槍的話會怎麼樣？」

「警部，我懂了！第一聲槍響在建築物、階梯與斜坡迴盪，聽起來像是兩槍！」

「恐怕就是這麼回事。」

「原來如此。」

這麼一來，志木提倡的「單獨犯案論」並非完全不可能，但志木沒心情高舉雙手歡呼。

「……」

「……」

兩人沉默片刻，這是解謎的餘韻，也是用來恢復冷靜的緩衝時間。最後，無法承受沉默的志木，提出禁忌的詢問。

「真的會這麼湊巧嗎？」

「志木果然也這麼認為？」

「我並不是懷疑警部的推理，但是該怎麼說，會懷疑是否真是如此。」

總覺得這種手法超乎常理不切實際，令人強烈質疑執行的可能性。

「聽你這麼說，連我也開始擔心起來，看來沒辦法了。」

砂川警部像是終於下定決心，把手伸入西裝內袋，還以為他又要取出手冊，卻出乎意料拿出漆黑發亮的手槍。不是私造槍，是貨真價實的手槍，因此志木迅速繞到砂川警部身後，退出他的射程範圍。

「警部，您您您、您想做什麼？」

「志木，我才要問你在做什麼！喂，別繞到我身後！」

砂川警部模仿某國際狙擊手朝志木大喊。

「警、警部，這樣很危險，請趕快把那個危險的東西收起來，快一點！」

「你是笨蛋嗎？」砂川警部終究無可奈何。「既然這麼怕，就由你拿吧。」

就這樣，志木從砂川警部手中接過手槍，得以充分安心。

「所以警部，要拿這把手槍射誰？」

「居然一下子就強勢起來……你有時候很奇怪。」

「沒那回事，我只是個想開槍想到無以復加，隨處可見、不起眼的平凡刑警。所以要射誰？」

「我不覺得這樣叫做平凡……哎，算了。」

砂川警部死心般這麼說，接著開始說明：「志木，聽好了，這是簡單的實驗。你用這把手槍在飛魚亭開槍，我在主館會客室前面聽槍聲，這樣就知道一聲槍響會不會變成兩槍吧？」

「原來如此，不愧是警部。」

「明白了吧？」

「明白了。」

「拜託你囉。」

「所以要射誰？」

「射天空！對空鳴槍！絕對不准射其他東西！」

什麼嘛，居然是對空鳴槍，真無聊……志木輕聲說出這種危險的感想，單手握槍就定位，砂川警部也跑向主館，站在會客室窗戶前面之後轉身，以雙手比一個大大的圈，表示隨時可以開槍，志木也舉起單手示意即將開槍。「我看看，安全裝置在……啊啊，就是這個，那麼，我要開槍了！」

志木對自己這麼說完，首度在實戰（或許不應該這麼形容）扣下扳機，瞄準五月湛藍晴空的手槍，在這一瞬間冒出純白的煙，令人嚇一跳的爆炸聲也同時響遍整座宅邸。然而這個聲音如同被上方藍天與周圍藍海吸收，一下子就消失。

到處都沒有傳來稱得上回聲的回聲，仔細一看，會客室前面的砂川警部垂頭喪氣，在胸前交叉雙手，這是承認自己論點被推翻的大叉叉，假設果然只是假設。

第十三章　密室與槍聲

現今一提到密室，如果真的出現上鎖或上閂的房間，老練的讀者肯定會提高警覺以免上當，但還是會有所期待，這是正統推理迷的個性。為了儘可能回應這種期待，凶手們今天依然努力為命案現場上鎖，正統推理的幕後支柱，或許是這些辛苦又堅持的凶手們孜孜不倦的努力，因此不可以說出「有空上鎖不如快逃吧」這種中肯意見影響他們的幹勁，反倒應該積極認為「上鎖肯定是基於某種隱情」，才是對他們的溫柔表現——有此一說。

「所以……」鵜飼說完這個關於密室的偏頗小常識之後，二宮朱美發問：「這次的凶手也刻意把房間上鎖？唔～真辛苦。」

朱美很想為凶手的努力給點掌聲，但她手握方向盤，只好放棄拍手專心開車。

「妳瞧不起凶手對吧？」

副駕駛座的鵜飼有點不滿。

「總之不計較這個，這次的案件不是這麼單純的密室，凶手沒有上鎖。」

「怎麼回事，不是密室？」

「不，是密室，恐怕是眾人環視的密室。」

「什麼是眾人環視的密室？」

「即使房間沒上鎖，如果只有一條路通往這個房間，而且有人監視這條路，凶手就沒辦法走這條路。在這種狀況發生命案，同樣是密室命案。」

「哼，好蠢。」二宮朱美嗤之以鼻。「在這種狀況發生命案，凶手就是負責監視的人，可能是他自己下手，或是他目擊某人下手卻袒護，只有這兩種可能吧？」

「嗯，或許吧，只有一個人監視確實沒有說服力，那有許多人監視的話又如何？比方說五到十人從四面八方監視某個空間，這個被監視的空間內部依然發生命案，而且到處都找不到凶手，負責監視的人也在監視彼此，所以他們也不可能是凶手，這麼一來即使沒有上鎖，也是完美的密室吧？」

「這樣啊，原來如此。」

朱美稍能認同，她不是認同密室真實存在，只是對這種不可思議的現象感興趣，能夠理解這個偵探為何專程前往發生慘案的十乘寺宅邸。

車子威風沿著海岸道路行駛，不是輕快，是威風，這就是賓士。交通流量很少，對向車道幾乎沒車，看來很快就能抵達鳥之岬。

肯與瑪莉的天際線（註8）……更正，鵜飼杜夫與二宮朱美的賓士，終於抵達十乘寺

註8　日產汽車於七〇年代製作的一系列廣告。

宅邸，主張「非相關人員禁止進入！」的警察，和主張「我是受害者之一！」的鵜飼在正門爆發口角，不過十乘寺十三出面息事寧人。

朱美順利把賓士開進十乘寺宅邸的停車場，像是要和並排的進口車較勁，她沒有倒車，直接從車頭開進停車位，並且一下車就出聲讚嘆。

「哇，不愧是十乘寺家的宅邸，停車場也很豪華，就像是進口車展示會。」

「說說說、說得也是。」旁邊的鵜飼不知為何走音回應：「這、這是那些夫婿候選人的車，每輛都是，在這裡的車都是，我說真的，沒騙妳。」

這個人在慌張什麼？

「嗯，福特、保時捷、福斯……那輛是什麼？雷諾？」

「好啦，朱美小姐，我們走吧！沒空在這種地方摸魚了！」鵜飼忽然拉著朱美大步前進。「我們不是來參加進口車的鑑賞會，是來解開案件之謎。嗨，十乘寺先生，剛才謝謝您！受不了，只有正經個性可取的制服警員真令人頭痛，連受害者長什麼樣子都不知道，哈哈哈……」

鵜飼看到十乘寺十三從正門走來，就假惺惺露出甜美笑容問候，感覺不太能釋懷的朱美也向十三低頭致意。

「喔喔，鵜飼老弟，很高興你這麼早復出，昨晚我好擔心，傷勢不要緊了？」

「沒什麼，您不需要擔心。」鵜飼微微活動右腳。「即使中槍，不過那種程度的傷對我來說，只不過是輕微的擦傷！」

「喔喔！不得了，真可靠啊！」

朱美不由得苦笑，實際上他的傷千真萬確是「擦傷」，醫生也是如此診斷。

「此外，記得妳是……」十三朝朱美伸手。「鵜飼偵探的徒弟？」

朱美握住他伸過來的手，努力表現討喜的一面。

「我是二號徒弟二宮朱美～請多多指教～！」

「喔喔，不得了，真可愛啊！」

十三再度發出愉快的聲音，旁邊的鵜飼則是抱住頭。

「我不介意妳對委託人裝可愛……」鵜飼嚴肅訓誡：「但是不可以當『老頭殺手』，妳表面上是偵探事務所的人，必須維持一定的氣質。」

「你說誰是『老頭殺手』！」朱美也不服輸反駁。「何況你把委託人稱為老頭很沒禮貌吧？至少也要說『大叔殺手』。」

「請問……你們到底在說什麼？」戶村流平納悶交互看著對立的兩人。「我完全聽不懂。」

這裡是十乘寺宅邸一樓的某個房間，隔壁剛好就是昨晚案發的會客室。這裡或許可以稱為娛樂室，首先引人注目的是大尺寸電視與音響設備，旁邊矗立巨大書櫃，擺放看起來頗有價值的藏書，房內一角有個櫃子展示幾十件陶瓷品，不曉得是誰的嗜好。除此之外，牆上掛著裝飾華麗的舊式西洋槍，不是當成實用品，而是當成古董擺飾，整體來說給人雜亂的印象，果然只能形容為娛樂室。

「哎，算了，別再爭論無謂的事。」鵜飼似乎終於回想起原本來意。「總之，終於在這裡見到你了。先把我們對昨晚案件的認知整合起來，流平，昨晚在飛魚亭發生的命案，可以歸類為密室殺人吧？」

「我認為沒錯，但前提是斷定升村光二郎不是凶手。」

接下來，鵜飼與流平交換彼此知道的情報。

案發當時的飛魚亭與周邊狀況、神崎隆二屍體的狀況、發現屍體的後續進展，以及今天早上從櫻與升村口中得知的神崎隆二情報，流平逐一向鵜飼報告。

另一方面，鵜飼則是詳細說明自己中槍時的狀況、流平在飛魚亭發現神崎屍體時的會客室光景、一起送到醫院的佐野傷勢，以及今天早上刑警們進行偵訊時的對話，佐野的證詞尤其是重點項目。

鵜飼與流平說明結束之後，像是如願以償首度打進甲子園的高中球員，說著「這是密室」、「沒錯，是密室」純真表達喜悅，但是二宮朱美無法像他們這樣純真。

「密室？哪裡算是密室？」她抱持被排擠的感覺提問：「你們說的我都聽到了，冷靜想想，根本沒什麼密室，凶手是佐野先生與流平提到的蒙面人吧？歹徒被逼到海角前端，無處可逃而跳海，只是這樣啊？這樣哪裡是密室？好蠢。」

「唔～」鵜飼以困惑的表情回答。「依照朱美小姐的想法，這個案件確實很蠢。實際上，現在應該有很多潛水夫潛入海裡，到處尋找內臟破裂而死的男性屍體，不過我敢打包票，他們找不到屍體。聽好了，本次案件絕對不是妳所想的臨時起意行凶，一切都經過先行計算與周全的準備，他的死就證明這一點。」

「他的死？你是說神崎先生的死？」

「不，不是他，是妳不認識的人……對喔，我還沒對妳詳細說明他的死。」

旁聽的流平忽然雙眼閃閃發亮，並且輕敲手心。

「啊！鵜飼先生，我知道了，你在說金藏先生吧！」

鵜飼默默點頭回應流平這番話，朱美沒聽過金藏這個名字。

流平代替鵜飼說明。

「金藏先生是鵜飼先生工作上的助手，我也曾經受他照顧，他原本住在烏賊川西幸橋的橋墩旁。」

「這是怎樣？」出乎意料的這番話令朱美蹙眉。「所以他是遊民？」

「是的，這位金藏先生一個半月之前遇害，地點就在旁邊的馬背海岸。」

「啊，我知道這件命案。」朱美回想起以前點綴報紙一角的小小報導。「記得是中槍而死，報導說他是『獵殺遊民惡行』的犧牲者。」

「對。」沉默至今的鵜飼開口了。「本次奪走神崎隆二性命、射穿佐野先生手臂的也是同一把手槍，換句話說，兩件槍擊案使用相同凶器，凶手應該也是同一人。」

流平也同意鵜飼的看法。

「即使不是這樣，兩個案件也肯定相關，畢竟地理位置相鄰，時間也很接近。」

「沒錯，馬背海岸的金藏命案，肯定是在預告本次鳥之岬的案件。對這次的神崎命案來說，金藏命案至少擁有預演的意義，究竟只是預演，還是暗藏進一步的意義，目前不得而知。但我認為昨晚的神崎命案，絕對不只是小偷陷入絕境之後不顧一切的犯行，因此凶手並非走投無路而跳海，這種敷衍的推測不在我考量範圍。」

「我姑且懂了，可是……」朱美提出理所當然的疑問：「假設凶手如你所說沒有跳海，那麼凶手逃到哪裡？還是說，凶手果然是睡在飛魚亭的升村光二郎？」

「如果再怎麼樣都找不到別的可能性，那就是這麼回事，但還有別的可能性。」

「怎樣的可能性？凶手消失在空中？」

「消失在空中啊……朱美小姐，妳當真？」

「呆子！」朱美噘起嘴。「當然不是，我只是打個離譜的比方。」

「真可惜，其實我覺得這意見可以採納。」

朱美一瞬間以為這是嘲諷，但鵜飼的表情意外正經，或許偵探連這種推測都會納入考量。

「確實可以消失在空中，比方說由直升機載走。」

流平說出荒唐的幻想，鵜飼做出回應。

「嗯，但不可能是直升機，聲音太大了，沒有更安靜的嗎？」

「氣球或飛船怎麼樣？這種的還算安靜。」

朱美也跟著提議，但同樣被偵探駁回。

「即使比直升機好，但還是不行。氣球在晚上就像巨大燈籠，那是最不適合深夜命案的交通工具，飛船則是大得誇張，而且不是隨便調得到的東西，何況只是要讓一個殺人凶手飛上天，用不著刻意動用飛船吧？殺人應該也要考量到收支問題。」

「說得也是，不過鵜飼先生……」朱美不忘冷靜補充：「沒想到你會說出『收支』這種字眼，你經營的明明是無視收支的偵探事務所……」

「等一下，『無視收支』是什麼意思！」

「有嗎？」朱美正經詢問。

「有什麼？」

「我說，偵探有收支概念嗎？」

「當、當然有……對吧，流平？」

「那當然。」流平立刻回答。「偵探有收支概念，只是做不到收支平衡。」

那就沒意義了。朱美嘆了口氣。

「回到正題，我們在討論密室吧？」

「那麼，請兩位聽聽我的推理。」流平如同等待已久，充滿活力說下去：「凶手果然不可能從天空離開，但也沒辦法逃往主館，既然這樣，還是只能往海裡逃吧？」

「什麼嘛，這樣不就正中凶手的下懷？」

朱美覺得他不應該老話重提。

「不是用跳的，凶手讓我們誤認從懸崖墜海而死，其實是用繩索慢慢垂降到海面，以預先放在海上的小船從容逃走。」

「哎呀……」朱美率直述說感想。「真意外！」

「是、是嗎？這麼讓妳意外？」

流平害羞搔了搔腦袋，朱美毫不客氣繼續說：

「是啊，我原本以為會聽到更有趣的手法，真意外，這個推測聽起來很有可能，不過是無聊的手法。」

「居、居然說無聊……」流平向鵜飼求救。「鵜飼先生，這不是無不無聊的問題吧？重點在於合不合理。」

但鵜飼也嚴肅說聲「無聊」落井下石。

「用繩索？我不以為然，那座山崖看起來大約四十五公尺高，所以需要長四十五公尺的繩索，但是這樣的話沒辦法回收，要回收必須多一圈，這樣就是九十公尺，再加上一點緩衝長度，就需要約一百公尺長的繩索。」

「就算要一百公尺……也可以吧？」

流平的聲音沒有力道，聽鵜飼這麼一說，一百公尺長的繩子確實有點長，流平自己也這麼想，所以早早就退縮。

「而且，這條一百公尺長的繩索要綁在哪裡？比較適合的地方，只有環繞飛魚亭的圍籬樹根，但是在那種地方綁繩子垂降，圍籬灌木樹根肯定會留下摩擦痕跡，警方不會看漏這種地方，不然你也可以稍後自行確認。」

「呃，不，這就……」

「何況垂降危險又花時間，還需要各種道具與預先準備，要是爬到一半被發現就完了。」

「我、我知道了。」流平終究投降。「我的想法過於天真，我輸了，我收回剛才的構想。」

「呼呼呼呼，總之，你想比師父先看穿密室詭計，再練個一百年吧。」

到最後，師父鵜飼以理論逼使徒弟流平屈服，在朱美眼中，這是師父把愛徒推落深谷的嚴厲——應該說是師父以棒子拍打溺水徒弟的冷酷，這對師徒平常都這樣？

「你啊，總有一天會被流平打一頓。」

朱美輕聲忠告，鵜飼面不改色。

「放心，不用怕，無論經過十年或百年，師父依然是師父，徒弟依然是徒弟。」

真醜陋的師徒關係。

「話說回來，方便問一個密室以外的問題嗎？」

朱美看密室討論告一段落，向兩人詢問她至今莫名在意的一件事。

「叫做金藏的遊民，是你們的朋友？」

「是啊。」「是的。」兩人一副何必多問的樣子點頭回應。

「這位金藏先生，在馬背海岸被手槍射殺吧？」

「剛才就是這麼說的。」「是的。」兩人再度露出詫異表情。

「然後，你們昨晚來到這座十乘寺宅邸，又有人被手槍打死吧？」

「對。」「是的。」

兩人似乎稍微理解到朱美想說什麼，朱美見狀一鼓作氣切入核心。

「單純從這些線索推測，你們就是這兩個案件的凶手吧？不是嗎？至少我覺得你們最可疑。」

「原、原來如此！」「確、確實是這樣！」

兩人隨即在朱美面前做出相同到奇妙的反應，相互揪起衣領。

「流平！原來是你！」

「鵜飼先生！原來是你！」

還以為他們會反駁，卻是互相栽贓，令朱美無言以對。醜陋，何其醜陋！這對師徒真的毫不信任彼此，朱美終究有點心寒。

「我說啊……」朱美重拍眼前桌面做總結：「我沒有一口咬定你們真的是凶手，只希望你們說明一下，馬背海岸的金藏先生命案，以及十乘寺宅邸的神崎命案，為什麼都和你們有關？這只是巧合？」

「啊啊，原來是這回事。」流平放開鵜飼，看來他總算明白了。「這方面不用擔心，這是有原因的。」

「什麼原因？」

「我想想該怎麼說……」流平眺望天花板片刻，像是在搜尋當時的記憶。「一個半月前，金藏先生遇害的時候，我與鵜飼先生來到馬背海岸幫他立墓碑。當時我和鵜飼先生起口角，鵜飼先生獨自開雷……更正，獨自開車回去，留在海岸的我不知如何是好時，櫻小姐與十三先生走過來，我們因而認識。後來我受邀來到這座宅邸喝茶，和他們提到這座城市有個名偵探叫做鵜飼杜夫，也聊到之前那個案件。」

「啊啊，原來是這樣。」

朱美終於明白了，十乘寺十三造訪鵜飼事務所的時候確實提到，他聽說「某R」事件是由這位名偵探解決，才會前來委託工作。

「總之，基於這個原因，十三先生相信我這番話，並且委託鵜飼先生工作，這一點完全不奇怪，我們來到十乘寺宅邸，也不是什麼突兀的事情。」

「嗯，我姑且懂了，不過只有一個地方不太自然。」朱美犀利指摘：「你留在海岸時認識櫻小姐與十三先生，這也太巧了吧？人與人這麼容易相識？」

實際上，當時的狀況很容易讓雙方相識，流平因此想起埋在心底的記憶。

「容易相識……不，並不是隨便就認識，記得當時是她忽然主動找我說話……這麼說來，好像是基於某個契機……是什麼啊？」

但流平只想到這裡，他的記憶力像是煙囪冒出的煙一樣不可靠，無法完全重現這段小小的邂逅。

室內洋溢著鬱悶氣氛時，房門不知為何隨著「啊嗚」這個聲音打開。朱美朝門口一看，雙手捧著托盤的美麗女孩正恭敬入內，巨大的黃金獵犬如影隨形跟在身旁，看來是這隻狗發出「啊嗚」的聲音開門。畢竟大小姐雙手捧著托盤沒空，而且大小姐不會發出「啊嗚」這種聲音……應該沒錯。

朱美立刻知道，這位美麗的大小姐就是剛才提到的十乘寺櫻，這隻狗則是流平所說的櫻鱿魚乾王。

「我端了咖啡過來，不介意的話，各位請用。」

櫻說完將咖啡杯擺在桌上，接著以細如蚊鳴的聲音說：

「請問……我方便加入嗎？」

沒什麼方不方便的問題，她端來的咖啡是四杯，換句話說，她一開始就準備自己的份，朱美不禁感到佩服，這女孩態度很客氣，實際上挺強硬的。

「請坐請坐，我們完全不在意。」

鵜飼說完空出自己身旁的座位，櫻沒有走過去，而是繞過桌子坐在流平身旁，朱美認為櫻大概是討厭偵探。

總之，櫻來得正是時候，她應該能幫忙補足流平的模糊記憶。

流平立刻把至今所說的重複一遍，然後詢問櫻。

「當時在海岸，櫻小姐是基於什麼契機和我說話的？我實在想不起來。」

櫻回以一個簡單到出乎意料的答案。

「我清楚記得當時的狀況。」

「這樣啊，所以是什麼？」

「是肉。」

朱美當真以為她聽錯問題，以為她聽成「昨晚吃了什麼？」或「喜歡吃什麼東西？」，但沒人問她這種問題。

然而……

「對喔！是肉！我想起來了！」

流平也像是茅塞頓開大幅點頭，朝著不知所以然而納悶的朱美與鵜飼說明。

「金藏先生遇害現場不遠處的沙地埋了一塊肉，這塊肉被挖到露出一半，我覺得詫異走過去觀察時，櫻小姐從後方主動找我說話。」

聽起來莫名其妙，無論如何，這樣的邂逅並不特別，不是必須刻意追究的問題，朱美聽到他的回覆之後，就迅速對這個話題失去興趣。

「肉啊……是什麼肉？牛肉、豬肉，還是雞肉？」

相較於朱美，鵜飼忽然對這個話題感興趣，朱美搞不懂鵜飼在想什麼？

「至少不是雞肉，應該是牛或羊肉，就像這樣……」流平以雙手示意大小。「長約三十公分，比球棒粗一點的帶骨肉，我想應該是腿肉。」

鵜飼聽完立刻向櫻確認。

「流平說的沒錯嗎？他的記憶不可靠，請妳仔細回想。」

「呃……是的。」這股氣勢令櫻有些困惑。「他說的沒錯。」

「唔～……」鵜飼聽完之後雙手抱胸。「為什麼海岸埋了這種東西？」

「天曉得，大概是有人烤肉時拿來，因為沒吃完就扔掉了，對吧，櫻小姐？」

「是的，我也這麼認為。」

經過片刻沉默，朱美失去耐性詢問鵜飼。

「肉有什麼重要的？密室怎麼樣了，密室？」

就在朱美要提醒眾人正逐漸離題時，一聲槍響傳遍十乘寺宅邸，在場所有人緊張至極。

「那是什麼聲音！」

這輩子沒聽過槍聲的朱美，不明就裡環視周圍。

「是槍聲！」流平如此回應。「和昨晚一樣。」

「嗯，確實是槍聲！」鵜飼立刻起身跑到窗邊。「又是飛魚亭？」

槍聲只響一次，卻瞬間讓十乘寺宅邸的氣氛騷動起來。

「是槍聲！」「從飛魚亭傳來的！」「飛魚亭又出事？」

分散於宅邸各房間的人們紛紛大喊，感覺得到所有人正從走廊來到這裡。

朱美牽起佇立的櫻，毅然決然走到窗邊，朝開啟的窗戶探頭出去，結果四人都從窗戶看向室外。

不過，眼前的光景沒有眾人期待的緊張感，而是悠閒到掃興。

「……」

愣住一陣子之後，鵜飼代表四人詢問：「警部先生，您在那裡做什麼？飛魚亭不是又發生槍擊案嗎？」

四人視線前方，是那名熟悉的警部。他獨自站在會客室窗戶前面，把雙手舉到身體前面擺個叉，不知為何一副束手無策的表情。

第十四章　出土的戰書

大白天的槍聲，最後把十乘寺宅邸所有人召集在一起。

鵜飼等人從窗戶探頭，十一與道子衝到庭院，十三和昨天一樣再度持步槍現身，接著田野上與升村也來了。不過殺氣騰騰趕來的所有人，看到閒著沒事佇立在原地的砂川警部就全部愣住。

「嗨，各位，抱歉害你們擔心了。」

砂川警部如此道歉，看起來沒什麼反省的意願。

「剛才的槍聲不是案件，請放心。其實是我家的年輕菜鳥刑警，不知為何拿手槍亂開，這原本是不能發生的事情，但既然發生了也無可奈何。幸好子彈飛向天空，應該不會造成危害，請各位放心離開。」

「什麼嘛，原來是這麼回事。」十三放下步槍。「聽你這麼說，我就放心了。這樣啊，是那個年輕刑警失誤，原來如此原來如此。」

聽到十三這番話，場中眾人各自放心發言。

「什麼嘛，原來是志木刑警失誤。」「這我可以理解。」「嗯，那個刑警看起來確實有點冒失。」「是個傻瓜。」「沒辦法了。」「畢竟是志木刑警。」

一連串怪罪與抨擊的風暴毫不留情，當事人聽到大概會受挫到罷工。志木刑警出乎意料沒信用，使得朱美有點同情他，也同時感到些許疑問，剛才的槍聲真的是他擅自開槍？總覺得志木刑警不會愚笨脫線到這種程度……

不曉得志木刑警是否知道自己成為話題，他光明正大站在眾人清楚看得見他的飛魚亭門口，而且他像是吃錯藥，把自己當成西部片主角，單手持槍以指尖旋轉，以帥氣動作將槍收進西裝內側的槍套卻失敗，手槍掉到自己腳邊，他摀著雙耳跳到一旁。

「那是怎樣？」

朱美立刻收回剛才的些許同情與疑問，原來如此，他確實冒失，隨時拿槍出來開也不奇怪。

但鵜飼的態度有些不同，他把上半身探出窗口詢問砂川警部。

「警部先生，剛才真的是他擅自開槍？」

「當然，如果不是擅自開槍要怎麼解釋？」

「沒有啦，雖然我覺得不可能……」鵜飼注視著對方隨口這麼說：「您該不會是在確認回聲吧？」

「回聲？那是什麼？恢復意識的意思？」

「那是『回神』。」

「哎，我聽不懂你的意思。」

但砂川警部明顯睜眼說瞎話，實際上他非常清楚鵜飼的意思。

雖然造成一時驚慌，但十乘寺宅邸的人們姑且相信砂川警部的說明，再度回到各自的居所。

「剛才說的回聲是什麼?你剛才詢問警部先生是不是在確認回聲，這個問題是什麼意思?」

鵜飼回答流平。

「沒什麼大不了的，我知道砂川警部在想什麼，簡單來說，問題在於槍聲與子彈的數量。」

「槍聲與子彈的數量怎麼了?」

「嗯，我還不太清楚，但我覺得有內幕。」

「有內幕?意思是我們只知道表面狀況，實際上卻有我們不知道的內幕?」

「算是吧，我們確實不是什麼都知道，最簡單的例子就是第八顆子彈。」

「第八顆子彈?」流平復誦回問。

「對，那把手槍是八連發手槍，但至今只開七槍，一開始的兩槍是朝『某警察』開的，接下來的一槍殺害金藏，昨晚的慘案開了四槍，這樣合計七槍，那麼手槍應該還留著一顆子彈，找到時卻已經沒子彈。手槍當然可能一開始就只裝填七顆子彈，但是凶手在我們不知道的地方多開一槍的可能性比較高，你不覺得嗎?而且，我們不知道第八顆子彈的下落。」

「這樣啊，我大致明白鵜飼先生的意思，簡單來說，你認為『第八顆子彈』可以用來布局。」

「對，而且能用來布局的不只是子彈，有些方法可以消除槍聲，流平也知道吧？以毛巾包裹手槍消除槍聲的手法，經常會用在電影裡。」

「啊，那個嗎？但我不以為然，我覺得那是電影在騙人，槍聲來自火藥爆炸，我實在不相信裹條毛巾就能消除槍聲，不過如果是覆蓋厚毛毯或棉被或許挺有效的。」

「哇，是什麼樣的電影？」

至今跟不上話題而保持沉默的櫻詢問流平，流平抓準機會滔滔不絕說明。

「電影經常出現這種場面，例如壞人以手槍指著女生說『呼呼呼，妳的人生到此為止了』，女生靈機一動對他說『你開槍就會引人過來』，然後壞人當著女生的面，拿起毛巾裹住手槍說『呼呼呼，這樣開槍就沒聲音了』，啊啊！可憐美少女的命運將會如何……類似這樣。」

「天啊！」櫻按住臉頰。「後來怎麼樣了？」

「就算妳這麼問……」流平不知所措。「總之，大致上會得救，哈哈哈……」

這段脫線的對話是怎麼回事？完全缺乏緊張感，就像是拚命讓雞同鴨講的對話成立，旁聽就覺得莫名不自在，話說回來……

「喂，問你一下。」朱美對鵜飼打耳語：「流平出乎意料只看老套電影？」

「唔～他原本就不是討論高尚電影的人，不過似乎比想像的還誇張，烏賊川市大電影學系的輟學生，大概就是這麼回事吧，和日本大學差多了。」

流平沒察覺自己遭受嚴辭批判。

「所以，那個……原本在討論什麼？」

「回聲啦，回聲。」朱美拉回正題。「你最初的疑問，是砂川警部與鵜飼討論的『回聲』。」

「對，『回聲』也可以當成偽造槍聲的詭計，在這裡是當成增加槍聲的詭計，原理很簡單，就是利用音波反射。」

「音波反射？」

「對，一聲槍響在建築物或牆壁反射之後，聽起來就像是兩聲槍響，不過前提當然是該空間容易造成回聲。」

「哇，挺有趣的。」

「不過，真的做得到嗎？」流平半信半疑。「聽起來有趣，但好像不可能。」

「我也這麼認為，砂川警部應該也有同感，所以我猜他剛才在做實驗確認。」

朱美回想起槍響之後，砂川警部憔悴的表情與胸前的叉。

「也就是說，實驗完全失敗。」

「似乎如此。」

偵探簡短回應之後結束議論，眾人沒有得出明確的結論，只知道如果使用某種手法消除槍聲，某處就可能存在著不為人知的「第八顆子彈」，不過「回聲」的做法似乎行不通。

可是……綜合以上所有資訊又能怎樣？難道能證明走投無路的凶手，就這麼在眾人環視的山崖上消失？還是能把據稱沉入海底的凶手打撈上岸？抑或是證明唯一嫌犯升村光二郎的清白？

鵜飼無視於千頭萬緒的朱美迅速起身，朝櫻做出一個格格不入的悠閒提議。

「對了，出乎意料的槍聲害我差點忘記，櫻小姐，陽光差不多減弱了。」

「啊？」櫻詫異聆聽鵜飼這番話。

「現在差不多是魷魚乾王散步的時間吧？難得有這個機會，大家一起去吧，走到馬背海岸那裡。」

「哇，聽起來真有趣！」大小姐純真發出喜悅的聲音，並且說出足以令場中眾人僵硬的震撼話語。

「請問……戶村大人也會一起來吧？」

「……？」

「……！」

鵜飼與朱美瞬間語塞，在如同凍結的時間之中，十乘寺櫻留下「我去準備」這句話，快步和魷魚乾王離開房間，鵜飼與朱美目送之後異口同聲大喊：

「戶村大人是誰？」

「戶村大人是誰啊！」

他們面前的「戶村大人」像是做錯事般搔了搔腦袋，說出「天曉得？我不認識」這番話裝傻。

現在是黃金週，海岸道路的車流卻很順暢，步道完全沒有行人，朱美重新體認到馬背海岸到鳥之岬這一帶是陸地孤島。這裡是個好地方，景色好、空氣清新，最大的優點是遼闊，但也僅止於此，沒有地方可以遊玩。釣客應該還有樂趣可言，除此之外的人們只會不知如何是好，如果這裡是沙灘，就可以在退潮時撿貝殼，或是打造成海水浴場，但海岸實際上只有嶙峋的岩岸與零星的沙地。

「不過，真意外。」走在步道上的鵜飼，說出不曉得第幾次的「意外」。「沒想到那位大小姐偏偏喜歡上流平，看來她真的不經世事，真可憐，明明其他類型的男性要多少有多少，她卻看上那種毫無可取之處的男人……」

「鵜飼先生，你該不會在羨慕吧？」

話中提到的這兩人，走在朱美他們約五公尺前方，幾乎沒什麼交談，櫻身穿白色連身裙，撐著淡粉紅色的陽傘，右手拉著櫻魷魚乾王的繫繩。流平則是T恤、牛仔褲加上一件薄外套，這種打扮在這時期的大學校園隨處可見，一點都不亮眼，他走路動作有點生硬，大概是沒能配合大小姐的腳步。

「仔細看看，他們挺登對吧？」

「哪裡登對？」鵜飼歪過腦袋。「就我看來，像是有錢人家的大小姐和街上小混混走在一起。」

「這也在所難免。」朱美說得毫不猶豫。「實際上就是有錢人家的大小姐和街上小混混走在一起，所以看起來當然也是這樣。」

「唔～不愧是朱美小姐，講話毫不留情……嗯？」

鵜飼似乎忽然察覺一件事。

「所以說，我們看起來也是這麼回事，就像是『小混混與大小姐』，唔～原來如此。」

「講這什麼無聊話，又沒有人在看。」

朱美說著不禁心想，假設真的有人看見，應該不會把他們當成「小混混與大小姐」，但也不會當成「私家偵探與房東」，更不可能是「名偵探與徒弟」，或許是「偵探與祕書」，不過會令她心生抗拒感到困擾。哎，這種事無所謂。

就算這樣，走路時稍微保持距離或許比較好。朱美拐彎抹角思考這種事，悄悄在鵜飼身旁放慢走路速度。

就這樣，四人加一隻狗來到馬背海岸的岩地，從十乘寺宅邸慢慢走過來約二十分鐘，剛好適合當成狗的散步路線，不過……

「鵜飼先生，你不可能只是為了帶狗散步吧？」

「是啊。」他向流平與櫻提出意外的要求：「可以帶我到你們初遇的地方嗎？」

「啊？」流平愣然回問：「初遇的地方是指……」

「肉，肉，肉。」鵜飼像是肚子餓的小學生一樣不斷喊「肉」。「就是你們發現那根帶骨肉的地方，你是在那裡認識櫻小姐與魷魚乾王吧？所以請你們三人，正確來說是兩人加一隻討論一下，想起地點之後告訴我，不難吧？」

「可以是可以，但為什麼要找那個地方？」

「當然是為了肉，我也想看那根肉，應該還埋在相同地方吧？」

接著櫻擔心地說：

「可是，那是一個半月之前的肉，肯定腐爛了，說不定只剩骨頭。」

「唔~我覺得應該還沒成為白骨，但是無妨，我即使只剩骨頭也想看。櫻小姐，麻煩妳了。」

鵜飼頗為執著，而且講話不成章法，但表情異常正經，最重要的是他居然低頭拜託大小姐，讓朱美覺得他這次的認真程度不一樣。

「這恐怕是解開案件的關鍵，總之請妳儘可能找找看。喂，流平，你也一起拜託櫻小姐。」

「好、好的。」流平搞不懂狀況，但還是低頭拜託。「那麼，櫻小姐，請妳多多關照。」

鵜飼也一起低下頭。「請多多關照。」

這是什麼光景？簡直像是在要求交往。

櫻則是不知道誤會了什麼。

「我、我才要請您多多關照。」她一如往常做出牛頭不對馬嘴的回應，肯定是以為對方要求交往。

看樣子，接下來有得受了。朱美嘆口氣環視周圍。

據說帶骨肉埋在沙地，但是到處都有沙地，而且每一區都很大，除非精確回想起「就是這裡」，否則不可能挖出目標物，冒失的小混混青年以及迷糊的大小姐，記性真的這麼好嗎？

朱美思考這件事時，視野一角出現異狀，一隻狗忽然挖起地面，牠用力搖著褐色尾巴，把乾燥的沙子撥到旁邊不斷地挖，越挖越深，而且挖得很來勁。

「那個～三位先生小姐……」朱美呼喚著依然低頭示意沒完沒了的三人。「魷魚乾王好像在你們忙的時候找到東西了。」

「天啊，魷魚乾真了不起，給你魷魚乾當獎賞……啊啊，居然會這樣！魷魚乾，對不起，我今天沒帶魷魚乾出來，啊啊，魷魚乾，請原諒我！」

十乘寺櫻讚賞愛犬的功績，並且責備自己的過失，雖然聽起來不像，但她應該很認真，這個大小姐不是會說笑話的人，她本身就如同笑話……不，這樣講太過分了。

「櫻小姐在說什麼？」鵜飼指著自己的頭。「現在應該還不是熱到燒壞腦袋的季節……」

「鵜飼先生，這樣講沒禮貌。」流平如此訓誡。「剛才那番話，第一、第三與第五個魷魚乾是說狗，第二與第四個魷魚乾是說食物。」

「那隻狗會吃魷魚乾？真怪，不過託牠的福，我們省了找東西的力氣。」

櫻魷魚乾王發現的東西正是「肉」，帶骨肉。說來幸運，在土裡度過一個半月的肉塊確實已經腐壞，卻出乎意料維持原形。多虧周邊是乾燥沙地，而且這段時間沒有下很多雨，整塊肉是乾的，因此免於腐敗液化，堪稱是天然的肉乾。櫻甚至還得拚命安撫魷魚乾王，避免牠把肉吞下肚。

「魷魚乾王，了不起。」鵜飼摸著立功洋洋得意的黃金獵犬長鼻。「你肯定是名犬，以後我會幫你取個更像名犬的名字，但我現在還想不到。」

朱美覺得這樣毫無意義。

「那壞虎爛的漏是額麼？」

「啊，不好意思，朱美小姐。」鵜飼抱持歉意指摘：「請不要捏著鼻子說話，我知道妳很在意臭味，但我完全聽不懂妳在說什麼，而且這樣有損妳的形象。」

說得也是，像這樣捏著鼻子講話，標緻的美女都沒形象了。朱美取出手帕優雅摀住鼻子，把問題再說一次。

「那塊腐爛的肉是什麼？」

「是解決案件的關鍵。」

鵜飼在沙地撿起一根筷子長的樹枝，朝著肉塊又戳又翻觀察好一陣子。他似乎不在意惡臭，難道人要是反應遲鈍，嗅覺也會變遲鈍？

「流平，有注意到什麼細節嗎？你是第二次看到這塊肉吧？」

「是沒錯，不過……」流平掩住鼻子回答。「差別就只有變乾變硬，沒什麼特別奇怪的地方。」

「是嗎？那麼這個洞也是之前就有吧？」

「你說……洞？」

流平感到意外而蹙眉，鵜飼以樹枝向他示意肉塊某處，長約三十公分的帶骨肉正中央，有個部位的表面凹下去，就像是昆蟲咬的，小到差點令人看不出來。

「接下來，仔細看喔。」

鵜飼以樹枝前端抵住凹陷處，把樹枝推進肉裡，在朱美等人注視之下，樹枝前端逐漸插入肉。原本以為鵜飼刺得很用力，看起來卻不是這樣，他只有輕輕朝樹枝使力，而且樹枝前端也不是尖的，但樹枝輕易刺穿肉塊，並且在眾人注目之中貫穿到另一邊。

貫穿了？為什麼？朱美瞪大雙眼，為什麼樹枝沒碰到骨頭？肉塊確實乾燥又脆弱，但是不可能連骨頭也跟著脆弱，從樹枝刺入的位置判斷，肯定會在途中刺到骨頭，到底為什麼？

「真的耶！肉居然有洞，好奇怪。」

現在才發現這個細節的流平驚叫，櫻也同樣瞪大雙眼。

「天啊，是真的，到底是誰用什麼方法鑽洞的？」

「是子彈，這個洞是彈孔。」

鵜飼一口斷言。

這確實是最合理的推測，解釋成某人以手槍朝這塊肉開一槍，就能說明這個貫穿孔洞的由來。

「啊，所以……」流平輕敲手心。「難道這就是『第八顆子彈』？警察兩槍、金藏先生一槍、鵜飼先生的腳一槍、神崎隆二兩槍、佐野先生一槍，加上這塊肉的一槍，這樣合計八槍，完全符合八連發私造手槍的裝填數，這樣就符合邏輯了，對吧，朱美小姐？」

「也對。」朱美姑且點頭應和。「至少數字吻合，可是……」

可是，為什麼要朝肉開槍？朱美無法理解這一點。

如果是空罐，朱美反而可以接受。得到槍想偷偷使用的人，會想要槍擊某個可惡的男人或某個可恨的女人，卻因為辦不到而放棄，最後改拿其他東西當替代品，在這種狀況，拿空瓶或空罐當靶子比較容易，拿肉就有點奇怪了。

「唔～如果是試砍新的刀，我還可以理解……」

鵜飼對她脫口而出的這句話起反應。

「試砍……原來如此，朱美小姐，妳這句話很有趣。」

鵜飼頻頻點頭之後蹲下，從褲子口袋拿出塑膠袋，以樹枝把肉塊慎重包進去。這麼做當然不是要在週一早上拿到可燃垃圾收集區，是在收集證物。

鵜飼無視於朱美的質疑，掛著笑容完成回收作業，把塑膠袋口綁緊，接著露出工作大功告成的清新表情，忽然向三人提議一件事。

「你們渴了嗎？我渴了，魷魚乾王肯定也渴了，對吧？好，我知道了，那就去喝飲料吧，幸好那裡有自動販賣機。」

鵜飼示意的方向，確實有一臺自動販賣機面向這裡，機器位於海岸與道路之間被遺忘的空地，用來解救在海岸散步時忽然渴到受不了的人們。這種人應該不多，但實際上真的有臺自動販賣機，可以買個飲料來喝。

「我一個人拿不了五罐，妳也來吧。」

「四個人為什麼要買五罐？難道魷魚乾王也有份？好啦，我跟你去，不過你請客啊，我不出錢。」

「總之先一起去吧。」

後來兩人前往自動販賣機，鵜飼右手依然提著塑膠袋，覺得不舒服的朱美買了四罐飲料之後，不經意思考一件事。

「要幫魷魚乾王買什麼……鵜飼先生？」

「唔～鯖魚罐或鮪魚罐吧？」

普通的自動販賣機哪有這種東西！

朱美瞪了鵜飼一眼，卻看到他做出奇怪的動作。

鵜飼以食指指向朱美，接著把指尖移向自動販賣機右邊，然後以食指指著自己，再把指尖移向自動販賣機左邊，翻譯起來就是「妳往自動販賣機右邊繞過去，我往左邊」。不過話說回來，啊啊，居然不用講話就可以和這個怪偵探溝通，看來我也完了，將會一直墮落下去！

鵜飼不可能察覺朱美的想法，在她面前豎起三根手指倒數。

三，二……一！

現在不是嘆息的時候，畢竟已經騎虎難下，而且朱美也頗感興趣，她依照指示往自動販賣機右邊繞過去，鵜飼也同時往左邊繞，朱美與鵜飼必然會在自動販賣機後方再度相遇。但是神奇的事發生了，兩人之間出現另外兩人。

「唔？」出乎意料的兩人，使得朱美說不出話。「……」

「哎呀？」鵜飼露出滿足的笑。「兩位在自動販賣機後面買東西？」是無須重新介紹的兩人——砂川警部與志木刑警。

「呃……嗨，又遇見你們了。」

「我、我們可不是躲起來啊。」

在自動販賣機後面遭受夾擊的兩人，背靠背直挺挺站著不動，就像是正要決鬥的槍手。他們堅稱不是躲起來，但當然是謊言，肯定從眾人離開十乘寺宅邸就跟蹤過來，並且一直躲起來觀察。

這麼說來，走在海岸道路時，鵜飼就半開玩笑提到有人看著他們，他早就察覺刑警們在跟蹤了。

「我、我才想問，你們在做什麼？總不可能只是帶狗散步吧？」

砂川警部輕易說出真心話，果然是在意這一點而跟來的。

「是為了這個。」

鵜飼把右手的塑膠袋提到警部面前，塑膠袋是透明的，警部肯定也清楚看見裡面的東西。

「這、這是什麼？乾燥的肉？你來撿這種東西？」

「這是一個半月之前的肉，不過裡面有豐富的提示，我沒說謊，刑警先生們可以拿回去用擅長的科學蒐證方式調查。這是我好不容易找到的證物，不過基於公平原則，我會轉讓給兩位，請拿回去用來解開案件的真相吧，材料全部湊齊了。」

他的態度與口吻，就像是年輕的正統推理作家，這種誇張、老套又裝模作樣的做法，朱美蹙眉表示不敢領教。

「這是怎樣？對我們下戰書？」

「對，下戰書。」

「在自動販賣機後面下戰書？」

「不行嗎？」

「並不是不行……好，總之我調查看看。」砂川警部一把抓過塑膠袋。「話說回來，聽你的語氣，你似乎已經看出所有真相，那你什麼時候要發表見解？」

「我不想讓各位等太久，不然今晚也行，這樣好了，公演時間訂在今晚八點，地點是十乘寺宅邸的會客室，方便賞光嗎？而且當然是免費進場！」

第十五章　最終答案

砂川警部與志木刑警入夜依然眉頭深鎖，他們從偵探那裡收下「肉」這封戰書，卻完全不知道個中意義。

順帶一提，依照鑑識班的第一手回報，這塊「肉」是牛腿肉，也就是肉店裡掛滿冰箱的那種肉，任何人付錢都買得到。志木刑警暗自做出「該不會是人肉吧？」這種驚悚的預測，因此收到報告之後大失所望。

此外，這塊肉出現硝煙反應，這是意外的事實。上頭有個推測是彈孔的小洞，明顯有人朝這塊肉開了一槍，卻沒人知道這代表著什麼，而且也難以理解這塊肉為何埋在遊民命案現場不遠處的海岸。

「確實隱含某種意義，但我搞不懂。」

砂川警部呻吟般這麼說，志木刑警也嘆了口氣。

「是啊，總之這麼一來，發現的開槍次數就是八次了。」

「嗯，但是布局的空間反而縮小了，原本以為第八顆子彈用在重要詭計，卻是浪費在這種地方，真失望。不過這真的是第八顆子彈的痕跡嗎？真是如此的話，我完全搞不懂凶手的想法，也搞不懂那個偵探的想法。」

「您要認輸？」

「哼，我不可能認輸。」砂川警部堅持不肯投降。「何況還不能確定那個偵探是否真的釐清真相，說不定他展現的是破綻百出的錯誤推理，呼呼呼，這幅光景應該挺精彩的。」

「那個，警部……」志木刑警戰戰兢兢詢問笑得很詭異的砂川警部：「警部究竟是希望得知案件真相，還是希望偵探失敗？」

「兩者都希望，不行嗎？」

砂川警部說得相當任性又矛盾。

「唔～要是那個偵探出錯，只有真相因而大白該有多好……」

砂川警部老是打這種如意算盤才會陷入絕境，志木刑警也認命覺得這次沒什麼勝算，至少要以體面的態度，聆聽鵜飼偵探的推理當作練習。不過刑警居然得向偵探請教真凶與犯案手法，無論如何都體面不到哪裡去，只能安分一點保持低調。

另一方面，二宮朱美再度提出反覆無數次的詢問。

「真的沒問題吧？」

「沒問題。」

「在這座宅邸裡，我們的身分是你的徒弟，要是你出錯，我與流平都會丟臉，這一點你明白吧？」

「當然明白。」鵜飼隨口回應：「放心，如果我的推理會讓徒弟們丟臉，我就不會召集大家了。」

「我沒辦法放心。」朱美依然不肯罷休。「鵜飼先生，把你認為的真相稍微透露給我吧，這樣我應該就能放心。」

「現在還不能說。」鵜飼照例賣關子。「那麼，推理好戲還有一段時間才上演，我去庭院散個步，唔，話說流平去哪裡了？我一直沒看到他，該不會和櫻小姐去某處調情吧？哎，算了，反正有沒有他都沒差，那麼朱美小姐，晚點見。」

鵜飼留下從容的話語離去，他充滿自信的態度令朱美格外不滿。

「什麼嘛，哼，彆腳偵探，給我在大家面前丟大臉吧！」

正如鵜飼的想像，戶村流平與十乘寺櫻位於餐廳，但他們沒在調情。流平想暫時獨處思考昨晚的事情，師父鵜飼鼓足幹勁表示要在今晚解決案件，身為徒弟的他卻毫無頭緒，流平對此相當不甘心。

然而大小姐不肯放流平獨處，不知為何，無論流平前往房間、庭院或廚房，櫻都擅自跟了過來，而且她是這裡的大小姐，也不可能趕走她。結果兩人從白天海岸散步之後一直在一起，流平再怎麼遲鈍，好歹也知道這名大小姐莫名心儀自己，然而自己明明沒有刻意做出吸引她的言行，為什麼她這麼心儀自己？都已經到這個地步，流平依然沒想起自己昨晚的舉動，而且應該永遠想不起來吧。

因此流平放棄獨處，在餐廳隨手摸著魷魚乾王的脖子沉思。回想起來，遇見這隻狗的第一天就被牠在庭院撲上來，今天早上還把牠摔出去，彼此之間發生好多事，但如今魷魚乾王在流平面前很乖，大概是終於認定流平的階級比牠高（只是暫時？），或者是知道彼此同為戰士而萌發某種友情（想太多了？）。

「請問……」櫻唐突打破沉默：「鵜飼先生說他今晚要破案，戶村先生還不知道他要點名誰是凶手嗎？」

「嗯，他還沒告訴我這件事。」

「這樣啊……啊，請用茶。」

「畢竟偵探都是走保密風格……啊，感謝招待。」

「戶村先生知道凶手是哪位嗎？」

「這部分，我實在沒有頭緒，畢竟我是個無能的徒弟。」

和這名女孩交談時，流平總是會變得很客氣，和平常的語氣差很多。

後來流平右手托腮，再度思考偵探會點名誰是凶手。

「請問……」櫻忽然詢問：「您臉頰還好嗎？還會痛嗎？」

「啊？臉頰？」流平維持托腮姿勢歪過腦袋。

記得櫻是拿書打頭……啊，原來如此，她說的是被升村打耳光的臉頰。這麼說來，當時流平走到餐廳就讓她嚇一跳，詫異她明明是打頭，卻在臉頰留下手印。

「看來不腫了。」櫻朝著流平右臉頰伸手。「不過還留下一些抓痕，我現在去拿藥好了……呀啊！」

這一瞬間，流平不由得握住櫻伸過來的手，櫻輕聲尖叫卻沒有抵抗。流平首度從正面注視櫻的雙眼，兩人的距離異常接近到前所未有的程度。在這種距離，無論要頭鎚還是親吻都是隨心所欲，但流平沒有採取這兩種舉動，而是叫她的名字。

「櫻小姐！」

「戶戶戶戶、戶村先生……」

而且從戶村口中說出的，是和現狀格格不入的問題。

「這隻手……」流平緊握櫻的手揮動。「這隻手是哪隻手？既然就我看來是右邊的手，就表示……」

「啊？」緊閉雙眼的櫻，改為睜開雙眼瞪大。「這隻手當然是左手……」她以細微的聲音回應：「所以怎麼了？」

流平一聽到答案，就像是忽然玩膩玩具的小孩，放開大小姐的手，櫻無力當場癱坐在魷魚乾王身旁呆呆張著嘴，似乎無法理解流平的驟變。

「櫻小姐，我懂了！」

另一方面，流平露出難得一見的愉快笑容，把櫻扔在一旁逕自大喊。

「唔哈哈，原來如此，原來是這樣！雖然只是直覺，但我大致知道了！不能在這裡閒晃下去！我要立刻去告訴鵜飼先生……咕嘿！」

繼今天早上，這是第二記。第一次是《現代用語基礎知識．最新版》，這次是湊巧放在餐廳的《烏賊川市近郊職業分類電話簿》，櫻從後方揮下來的黃色封面電話簿，漂亮命中流平頭頂，使他瞬間趴倒在地。

「真是的，戶村先生，我討厭您！啊啊，羞死人了！魷魚乾王，過來！」

櫻按住羞紅的臉頰，帶著魷魚乾王從餐廳全速跑走。

原來如此，原來是這樣，她害羞就會陷入混亂，而且陷入混亂就不在乎施暴！趴在地上的流平，如今總算得知這件事，總覺得他太晚知道了，不提這個……

「咕呼……櫻小姐，這是託，妳的福，謝、謝謝……」

戶村流平沒有因為踐踏少女心而感受到任何苛責，但他至少在最後不忘道謝，或許應該承認再差勁的男人也會維持最底限的禮節，這是寶貴的活範本。

十五分鐘後，好不容易重振身心的流平，在通往別館的階梯找到鵜飼。偵探似乎在這裡發呆打發時間，像是即將上擂臺的挑戰者，也像是在考場等待考試的重考生。

「嗨，原來你在這裡，我找好久了。」

鵜飼一看到流平就說「咦，時間到了？」準備起身，但流平阻止了。

「距離開演還有一點時間。」流平站在鵜飼面前。「鵜飼先生，方便趁現在對個答案嗎？」

鵜飼驚訝抬頭，大概是多少感到意外。

「哇，你講得真有趣，看來你也得出一套自己的結論了，這種狀況真稀奇，偵探即將揭開謎底，華生博士卻在前一刻跑來說『福爾摩斯，對個答案吧』，我從未聽說這種事。這麼說來，你在這次案件的立場不太像華生，真要說的話，朱美小姐才應該叫做華生……哎，算了。」

鵜飼說得如同在調侃，看來是在瞧不起，不過！今晚的戶村流平不一樣！流平擁有這種過剩的自信，認為自己不會如同鵜飼所說，到最後只是華生的角色。

「好，那我就洗耳恭聽，凶手是誰？」

鵜飼出言詢問，流平提出的最終答案如下。

「凶手是佐野先生。」

「喔，佐野先生？」

「佐野先生。」

「這答案意外平凡。」

「即使平凡，真相就是真相。」

「……」

鵜飼刻意沉默一段時間，像是在期待流平修正答案，確認流平不再反悔，才終於沉重開口。

「嘖……你說對了。」

流平並沒有要求「說對的話要給我獎金」，鵜飼明明可以說得高興一點才對，看來這個師父不會率直為徒弟的成功感到高興。

「不過……」鵜飼依然半信半疑看著流平。「流平，話說在前面，不能只是猜中凶手是誰，必須說明為何認定他是凶手。重點在於理論而不是結果，偵探的解謎不是瞎猜。」

「我明白，我有自己的一套理論。」

「喔，什麼樣的理論？」

「該說是動機問題嗎……」

「動機？哇，這真的讓我意外，我完全沒想到這次的案件有動機，你從這一點推測出兇手？」

流平開始對納悶的鵜飼說明。

「之前提過比腕力的事吧？就是神崎、升村與田野上找佐野先生比腕力的那段小故事。」

「嗯，我聽過，神崎雖敗猶榮，田野上完全不行，升村到最後沒上場，實際原因似乎是佐野先生避免對決，所以這件事怎麼了？」

「我知道佐野先生避免和升村對決的原因。」

「喔，什麼原因？」

「因為升村是左撇子。」

「左撇子？原來如此。慢著，我沒察覺這件事……真的？」

「肯定沒錯。」流平指著自己的右臉頰。「我被他打過耳光。」

「耳光？」

「對，被他甩巴掌。鵜飼先生，一般來說，都是以慣用手打耳光吧？不會用另一隻手吧？」

鵜飼姑且分別以雙手模擬打耳光的動作。

「嗯，一般都是慣用手，如果要控制力道，慣用手也比較容易控制，所以升村是用左手打你耳光？」

「是的，他打我右臉，我的右臉頰因此紅腫好一陣子，還留下擦傷。」

櫻朝著右臉頰傷痕伸手時，果然也使用左手。流平見到這一幕的瞬間，終於想到「升村是以左手打他右臉」這個簡單的事實。

「嗯，這樣啊……也就是說，佐野當時避免和左撇子升村比腕力，但是為什麼？為什麼對方是左撇子就不能比賽？」

「這就是重點，佐野先生要是接受升村的挑戰，由於對方是客人，當然得配合對方的慣用手比賽，那麼佐野先生很可能得用左手，但佐野先生不能這麼做，因為這樣會出問題，我覺得問題在於……佐野先生的左手出乎意料沒力。」

「佐野先生的左手有狀況？那個全身肌肉，曾經是業餘摔角奧運候補，現在是十乘寺十三隨扈兼管家的他有這種問題？聽起來確實有趣，但這只是你的想像啊？」

「除此之外，還有其他事情可以佐證。你想想，我們第一次造訪這座宅邸時也一樣吧？就是在後門發生的那件事，當時佐野先生從後面同時對我與鵜飼先生施展鎖喉功，以右手勒住鵜飼先生，以左手勒住我，結果呢？被右手勒住的鵜飼先生昏迷KO，被左手勒住的我卻出乎意料輕易逃脫，這就可以證明佐野先生雙手臂力相差很多，他的右手力大無窮，左手卻等同於平凡人……不，甚至比平凡人還差。」

「這樣啊……」鵜飼朝徒弟投以冰冷視線。「原來你在我昏迷的時候冷靜觀察這種事，真冷漠。」

「這不是在你昏迷的時候想到的。」

流平迴避鵜飼的批判，繼續提出見解。

「此外還發生過這種事。我首度造訪這座宅邸的時候，十三先生把魷魚乾王的繫繩交給佐野先生，佐野先生右肩背著十三先生的整套釣具，所以當然是以左手接繩子。結果幾分鐘之後，魷魚乾王飛撲到我身上，原因在於佐野先生放開繫繩，佐野先生解釋是他一時疏失，實際上應該是他左手握力太弱，才會在魷魚乾王起跑瞬間抓不住繩子吧？後來，佐野先生第二次握繫繩改用右手，明明右肩背著釣具，為什麼還要刻意用右手拉繩子？應該是他對左手握力沒自信吧？」

「原來如此，發生過這種事啊。」

「而且，假設佐野先生的左手，如我推測衰弱到不如平凡人，他在醫院的態度就很不自然。鵜飼先生當時在場也知道，佐野先生說左手被凶手的子彈打廢，手臂是他做生意的工具，他很氣凶手打殘他的手臂，也擔心自己是否會失去隨扈工作，而且他是在鵜飼先生與刑警先生們面前光明正大這麼說，這一點很奇怪，明明佐野先生的左手本來就廢了一半，為什麼還要說這種謊？想到這裡，自然就會質疑說謊的佐野是兇手。」

「換句話說，佐野是真兇，他在飛魚亭以手槍殺害神崎隆二，緊接著朝自己的左手開槍？」

「是的，必須這樣推測，才能解釋佐野先生的態度。」

「他殺害神崎的動機是什麼？既然不是為財或為色，就是為了報仇？」

「或許正是為了報左手的仇吧？假設神崎隆二是害他左手廢掉的人……他受傷而離開捧角界，改做隨扈的工作，左手卻因為後遺症逐年衰弱。這樣下去遲早連隨扈工作都會丟掉，要是他冒出這種念頭時，神崎隆二剛好出現在他面前，而且他身上剛好有一把撿到的槍……不對，這部分完全只是我的想像。」

「很難說你是否有猜中，不過挺有趣的，最重要的是，如果你推論正確，佐野就多了一個朝自己左手開槍的動機，這是可取之處。」

鵜飼的洞察力令流平佩服。

「鵜飼先生，就是這樣，佐野先生朝自己左手開槍假扮成受害者，同時也可以隱藏他殺害神崎的動機，肯定是這樣！」

「嗯，案件發生之後，任何人都會認為佐野左手衰弱是因為槍傷，再也沒人發現他的手在案發前就出問題，更不知道這是神崎隆二害的，要是佐野設想得這麼周到，這個人真有一套。」

「一點都沒錯。」

「哼哼，不過我告訴你……」鵜飼擺架子對流平說：「佐野不只這方面有一套，你推測佐野是真凶，這部分表現得很好，這是正確答案，行凶動機也呼之欲出，但你還沒解開密室之謎。不，既然佐野是凶手，應該說你沒解開不在場證明之謎，神崎遇害的時候，許多人目擊佐野位於飛魚亭門口，這是他不在場的鐵證吧？槍聲響起的時候，他還沒有抵達案發現場，怎麼樣，你能解開這個『槍聲詭計』嗎？」

「不，我還沒解開。」

「真遺憾。」鵜飼站了起來。「要是你成功解開，我就可以讓你出師，但是沒時間了，大家正在等我。」

再過幾分鐘就是晚間八點，好戲即將上演。

第十六章　槍聲的倒數

比方說，在時代劇的劇情最高潮，貪官被主角手持的「正義之刃」逼上絕境時，為求反敗為勝而在這個節骨眼拿出來的「最卑鄙凶器」就是火繩短槍，這同時也是讓觀眾吐槽「既然有這種東西，你這笨官一開始就該拿出來吧！」的「最脫線凶器」。無論如何，任何人光是拿著這把槍，看起來就會像是壞蛋或笨蛋，基於這個意義，肯定不適合成為名偵探身上的配件。

因此，鵜飼偵探右手拿著火繩短槍出現在十乘寺宅邸會客室的瞬間，在場所有人難免都抱持害怕與不信任的心態。

但鵜飼不在意這些冰冷的視線，從容環視聚集在會客室的眾人。

「嗨，看來大家到齊了。」

志木刑警也同樣環視四周，確認案件關係人幾乎全部到齊：十乘寺家的十三、十一、道子、櫻；客人田野上秀樹與升村光二郎；自稱名偵探與其同伴們（鵜飼杜夫、戶村流平、二宮朱美）；以及砂川警部與志木刑警自己。

只有遇害的神崎隆二、依然躺在醫院病床的佐野，以及隨侍照料的友子不在場，能到的人都到了。

「居然說這種話，是你找大家過來的吧？」二宮朱美代表在場所有人發言：「不提這個，你手上那個危險東西是怎樣？」

鵜飼刻意把短槍槍口指著朱美額頭。

「妳說的危險東西是這個？」

「你啊……」二宮朱美一把抓住對方伸過來的槍。「請不要用槍口對我！」

「哎，放心，裡頭沒子彈，何況這只是仿製品。其實我想用手槍，不過很遺憾，十三先生的收藏品沒有手槍，拿步槍就太大了，警察也不會借我真槍，我不得已只好用這個忍耐一下。十三先生，這個請借我一用。」

「無妨。」十乘寺十三爽快容許他先斬後奏的行徑。「所以你要做什麼？」

「我要破案。」偵探以打掃房間的輕鬆態度這麼說。「刑警先生，可以吧？」

「……」砂川警部不知道如何回應。「我洗耳恭聽，但你不是亂槍打鳥吧？」

「我有理論做根據，不然也可以從動機層面釐清真凶，但我不說動機，以免相同的事講兩次，對動機有興趣請去問流平，他有個相當耐人尋味的假設。」

志木劈頭就聽不懂這個偵探在說什麼，但他強烈感受到偵探洋溢著非凡自信。

「我要揭發的是犯案手法，凶手以何種方式在飛魚亭殺害神崎隆二？有辦法行凶的人物，才應該是這次命案的凶手。話說在前面，像是『神祕蒙面人闖入犯下所有罪行之後跳海』這種推測，請各位忘個精光，這是凶手預先為我們準備的劇本，必須在最後的最後，再也找不到任何可能性之後才採用，沒問題吧？」

「所以你的意思是……」說話的是十乘寺十三。「你找到其他可能性了？兇手是大衣蒙面人以外的人物？」

「正是如此。」

「是自殺吧？」田野上秀樹輕聲喊著，他依然堅持「神崎自殺論」。

「不，是他殺。」鵜飼冷靜斷言。

「所以果然是升村？」

田野上毫不客氣的意見，使得升村光二郎面露怒色抗議。

「開什麼玩笑，我是受害者，是被犯人栽贓的，偵探先生，請快點告訴我們兇手是誰吧！」

接著，鵜飼像是再也不在意兇手身分，輕易說出兇手的名字。

「兇手是佐野先生，佐野先生就做得到，只可能是他。」

一陣騷動如同漣漪，在小小的會客室擴散開來，眾人出乎意料接受這種說法。十三等到騷動平息之後，提出理所當然的詢問。

「佐野不是受害者嗎？他手臂中槍受重傷啊？」

「那是一種瘋狂的行徑，也可以說是賭命的戲碼，他朝自己手臂開槍，偽裝成受害者。」

鵜飼說到這裡，以手上的短槍抵著自己另一條手臂，做出開槍的動作。

「不過，假設真是如此……」田野上秀樹提出反駁，展現自己聰明的一面。「依然不可能是佐野先生吧？他確實可以摸黑來到會客室外面，朝偵探先生的腳開槍，但如果只是這樣，我與在場所有人都做得到這件事。」

眾人默默點頭同意，這陣反應賦予田野上勇氣，讓他繼續說下去。

「但我們即使能槍擊偵探先生，也沒辦法槍殺飛魚亭的神崎。這是當然的，除了升村，所有人都是聽到槍聲而來到這間會客室，我們之中不可能有凶手吧？」

志木覺得他說得很對，也對於偵探會如何反駁感興趣。

「沒錯。」但鵜飼出乎意料，輕易點頭回應。「各位不是凶手，我從剛才就這麼說了。」

「但你說佐野先生是凶手吧？」

「對。」

「這種說法有問題，不是凶手的我們，都知道他是清白的，因為確實是這樣啊？飛魚亭接連響起槍聲，也就是昨晚開第二槍與第三槍的時候，佐野先生還在飛魚亭門口吧？我們親眼清楚看見他，何況……那邊的你！自稱偵探徒弟的戶村，也和我們一起看到這一幕，你說對吧？」

「呃，問我？」忽然被田野上秀樹點名而嚇一跳的戶村流平，以不太可靠的語氣回答。「唔～我認為佐野先生是凶手，不過，田野上先生說的也確實沒錯，是的，我也這麼認為。」

「你說這什麼話！」戶村流平的含糊回應，使得田野上秀樹語氣變得粗魯。「所以是怎樣？站在飛魚亭門口的佐野先生，有辦法射殺飛魚亭露臺的神崎？你到底覺得怎樣？」

「唔～果然還是沒辦法吧，但我認為凶手是佐野先生，至少肯定是凶手之一。」

戶村流平依然舉棋不定。

此時砂川警部插話打圓場。

「嗯，假設凶手是佐野，也還沒確定他是單獨犯案，或許有共犯，如果有共犯就有這種可能性，對吧？」

然而鵜飼偵探高聲大笑，駁斥警部的發言。

「警部先生，您難得提出高見，但是很抱歉，這個案件沒有共犯，也沒有這個必要。何況要是有共犯，佐野就不用刻意射傷自己的手，應該有其他更好的做法。佐野先生是真凶，而且是單獨犯案，警部先生也討厭共犯吧？」

砂川警部像是被說中想法般沉默不語，看來他不喜歡共犯。

「不可能！」十三如同呻吟的這句話，再度令眾人點頭同意。

「不可能！」志木對身旁的砂川警部低語：「『佐野單獨犯案論』已經被否定，警部，您說對吧？」

「嗯，不過他或許察覺到某件事，發現我們疏漏的某個細節。」

在期待與不安交錯的危險氣氛中，只有鵜飼掛著從容表情，架起右手短槍宣言。

「那麼，接下來就為各位揭曉，佐野先生賭命上演的『槍聲詭計』詳細內容！」

不過，在言行更加威風的偵探周圍，還有一個冷靜沉著的人。

「我說啊，鵜飼先生……」朱美以食指塞住瞄準她的槍口。「想要帥無妨，但是請不要用槍口對著我，我會不舒服。」

鵜飼開始說明。

「本次案件使用的手槍其實很特別，是『某警部』與『某刑警』要逮捕某案件嫌犯時，不小心從公寓四樓窗戶掉到外面路上，就這樣下落不明的手槍。換句話說，凶手以偶然拾獲的手槍犯下本次的罪行，手槍是凶手奇蹟般偶然撿到的，所以不用考量凶手後來在他處取得消音器或備用子彈的可能性。凶手有這些東西當然更方便，但是這種東西並不是靠運氣就能取得，所以各位可以認定凶手只有這把手槍。補充一下，這把手槍最多能裝填八顆子彈，警部先生，是這樣沒錯吧？」

「對，最多裝填八顆，不過實際上當然可能沒裝滿。」

「您說的沒錯，總之預設為八顆子彈，我們立刻開始倒數吧。」

啊？倒數？鵜飼忽然說出格格不入的兩個字，使得志木感到突兀，這是除夕晚間十一點五十九分做的事吧？志木無言以對。

「倒數什麼？」二宮朱美發問：「難道是倒數槍聲？」

「正是如此。接下來要請大家一起計算，這八次槍聲是在哪裡以何種方式響起，這八顆子彈是在哪裡用何種方式射出。」

這種東西，事到如今用不著數也清清楚楚，畢竟至今數過無數次，而且數再多次都是相同的答案，志木對此感到憤慨。

「好了，各位先別激動。」戶村流平像是要安撫場中氣氛開口：「總之請任憑鵜飼先生怎麼做吧，雖然由我說也不太對，但他出乎意料很有實力。」

「『出乎意料』是多餘的。」

鵜飼只回他這句話，把短槍當成指揮棒揮動，吸引眾人注意之後繼續說：

「各位，首先請把這裡當成市區某公寓四樓的某房間，日期大概是三月十日，這把手槍連續射擊兩次，這就是整場案件的開端。」

接著，鵜飼將短槍槍口瞄準志木。

「第一與第二槍，是私造手槍犯對『某刑警』射的……『砰』、『砰』。」

鵜飼輕輕揚起槍口假裝開槍。

「再再再再再、再怎麼樣，也用不著瞄準我吧！」

志木慌張抗議，偵探不經意回他一句話。

「哎，想說這樣比較寫實。」

太寫實了！「某刑警」在內心冒冷汗。

「那麼，手槍彈匣剩下六顆子彈。」鵜飼繼續說：「撿到這把手槍的人，是當天當時恰巧經過暗巷的佐野先生。」

「接下來，請各位把這裡當成馬背海岸。」

鵜飼以這番話帶領場中所有人，從公寓四樓來到遠離人煙的命案現場。

「日期大約是最初槍擊案的一週後，三月十七日左右，這把手槍再度擊發，肯定是在深夜悄悄犯行，這是第三槍，開槍的無疑是佐野先生。但重點在於穿著，我想他應該是以大衣、白頭套、白手套加運動鞋的衣著開槍，這麼一來，這些衣物可以極為自然沾上火藥，各位應該大致想像得到這些衣物要用在哪裡，我晚點再說明。」

偵探賣關子繼續說下去。

「總之，這時候的下手目標，是叫做松金正藏的遊民，佐野先生如何把住在市區的他帶來海岸，這部分不得而知，可能是用錢或工作引誘，或是從他住的地方強行抓來，甚至是把他灌醉到不省人事再帶來，我覺得大概是這一類的方法，但無從證實。無論如何，可憐的遊民在馬背海岸岩地，出乎意料被一顆子彈射中胸膛淒慘喪命。」

鵜飼把短槍槍口瞄準戶村流平。

「所以，第三槍是佐野先生朝著遊民胸膛……『砰』。」

「為什麼要瞄準我？」戶村流平避開虛構子彈抗議。

「沒有其他合適的對象，所以忍著點吧，老實說，你最像遊民。」

「需、需要講到這種程度嗎？」

戶村流平更加無法接受，鵜飼則是毫不在意繼續說下去。

「那麼，還剩五槍。」

「再來，案件舞臺終於轉移到十乘寺宅邸，時間如各位所知，是五月一日深夜，接下來……各位，這時候請動動腦吧，這一槍到底是在哪裡對誰開的？」

鵜飼像是對兒童出題的老師，以調皮的表情環視眾人。

「問這什麼問題？」升村光二郎以一副不想被瞧不起的表情回答。「偵探先生，下一槍不是擦過你的腳嗎？地點則是這間會客室，中槍的你應該最清楚吧？」

眾人大幅點頭同意升村光二郎這番話，但志木有所遲疑，依照這個偵探的語氣，下一槍似乎是在出乎意料的地方擊發，所以是哪裡？如果不是會客室，是在飛魚亭？

「各位，請想像這裡不是會客室，是飛魚亭的露臺。」

或許該說果然如此吧，鵜飼引導眾人前往飛魚亭，而不是會客室。

「時間也不是五月一日晚間十一點五十分，請稍微往前推。」

「『稍微往前推』是什麼意思？」至今保持沉默的十乘寺十一開口詢問：「十乘寺宅邸首度響起槍聲的時間，肯定是五月一日晚間十一點五十分，這部分我確認無誤，沒有質疑的餘地。」

「您說得沒錯，第一聲槍響確實是五月一日晚間十一點五十分，但只是槍聲。」

「意思是？」十一更加納悶。

「換句話說，響起槍聲的時間，不一定是子彈發射的時間，兩者可能不一致，子彈可以無聲射出。反過來說，也可以只發出槍聲不發射子彈，我們無法否認這種可能性，這就是我要表達的意思。」

「原來如此。」十一低語點頭。「所以你推測，第一聲槍響是在晚間十一點五十分，但是第一槍其實早就擊發？」

「正是如此，第一槍是以消音形態，在不為人知的狀況偷偷在飛魚亭露臺擊發，所以只有凶手知道開槍的正確時間。我無法判定，只能推測應該早於十一點五十分，就假設是晚間十一點三十分吧。」

「等一下。」十一再度發問：「所以你認為凶手在晚間十一點三十分，就在飛魚亭槍殺神崎？不可能，我發現神崎屍體的時候，直接碰觸過他的身體，當時他已經斷氣卻還有體溫，就像是依然活著，而且胸口不斷冒出血，完全是剛遇害的狀況，不可能是死亡一、二十分鐘的屍體。」

「這樣啊，我要對十一先生卓越的觀察力表達敬意，不過別擔心，我並不是推測凶手在晚間十一點三十分殺害神崎。」

鵜飼說到這裡，把手上的短槍指著正下方地面。

「第四槍由佐野先生在飛魚亭露臺擊發，但目標不是神崎，佐野先生只有朝地面開槍，朝著兩張躺椅中間的無人地面……『砰』。」

佐野朝地面開槍？這是怎樣？志木一瞬間沒聽懂偵探這番說明的意思，但志木身旁的砂川警部激動得咬緊牙關。

「可惡，原來是這樣！啊啊，我太粗心了，居然漏掉這一點……」

砂川警部終於捨棄面子與名聲，主動詢問鵜飼。

「所以你的意思是……這槍是第四槍？神崎隆二頭部旁邊『落空的一槍』，是凶手開的第四槍？」

「不愧是砂川警部，真敏銳。」鵜飼愉快點頭。「警部先生，如您所說，包括我、流平以及在場所有人，我們完全上了凶手的當。」

在場眾人專注聆聽，避免聽漏鵜飼說明的每字每句。

「我們一直認定凶手朝神崎隆二連開兩槍，案發現場看起來確實如此。我沒有直接看到現場，但我依照流平的敘述，也同樣認為凶手朝神崎隆二連開兩槍，第一槍瞄準頭部卻打到旁邊地面，第二槍命中心臟，但實際上並非如此。佐野先生昨晚悄悄來到飛魚亭，預先朝著無人的露臺地面開一槍，這時候當然不能有人聽到槍聲，所以佐野先生應該是拿毛巾之類的東西包住手槍，案發現場沒有毛巾這種東西，不過這時候案件還沒鬧大，佐野先生有足夠時間從容把毛巾拿回自己房間處理掉。」

「在無人露臺朝地面開槍啊……」砂川警部以驚訝神情接納鵜飼的說法。「所以說，神崎隆二是後來才到飛魚亭？」

「應該沒錯，佐野先生在地面開一槍之後，把神崎隆二找來，佐野先生要把神崎隆二叫來飛魚亭並非難事。具體來說，只要告訴他『櫻小姐想見你，正在飛魚亭等候』，神崎隆二就不會起疑，甚至是開心前往飛魚亭，做夢也沒想到會在那裡中槍。」

這時候，神情激動的升村光二郎開口搶話。

「所以我也是在這個時候，以昏睡狀況被搬到飛魚亭？」

「是的，神崎隆二與升村光二郎誰先誰後，必須詢問凶手才知道，總之兩人確實被帶到飛魚亭，前者是遇害人，後者是用來嫁禍的嫌犯。」

「然、然後佐野讓我躺在飛魚亭，緊接著殺掉神崎！還試圖嫁禍給我……這傢伙太卑鄙了！」

「升村先生，請不要激動，還沒到這個階段。」鵜飼冷靜否定。「佐野先生並不是把神崎叫到飛魚亭就立刻殺掉，只是讓他睡一下，至於如何讓他入睡……其實這方面我也不清楚，總之應該有一些好方法可用，姑且假設他對神崎下藥吧。」

鵜飼將不明的細節適度含糊帶過，以便盡快說下去，這種強硬態度更加證實他的自信。

「接下來還要準備一件很重要的事，佐野先生把預先沾上火藥的大衣、白頭套、白手套與運動鞋等衣物放在山崖最前端，不用說，這是用來讓警方在後來發現，誤導辦案方向的東西，佐野完成這些準備之後，就來到會客室的窗外。」

鵜飼講到這裡做個緩衝。「所以剩下……咦，還有幾槍？我說明太久忘掉了。」

「四槍吧，還剩四槍。」二宮朱美不滿作答。「我為什麼非得告訴你？」

接下來繼續倒數槍聲。

「所以各位，再來請把這裡想像成會客室。」

「用不著想像。」十三詫異環視周圍，說出有點脫線的事實。「這裡本來就是會客室。」

「對喔，說得也是。」鵜飼也愉快的這麼說：「那麼，請把這裡當成五月一日晚間十一點五十分的會客室，流平，你拿著這把短槍站到窗邊……不，還是我去吧，你躺在沙發上，對。」

戶村流平依照指示躺在沙發，鵜飼站到窗邊。

「在這個時候，佐野先生戴著白頭套穿著大衣站在窗外，朝室內開一槍，他這時候使用的白頭套與大衣，當然和預先放在山崖前端的不一樣，但他刻意讓流平看見他，讓眾人認定有個身穿大衣戴著白頭套的怪人拿手槍到處行凶。」

鵜飼繼續說明，說得越來越流利。

「這聲槍響還有另一個目的，就是把宅邸裡的人們引到這間會客室，如果他只是要把人們引到主館，方便他在飛魚亭犯案，就不需要刻意挑選會客室，無論是在餐廳或浴室都行，那麼佐野先生為何刻意選擇會客室？我認為他這麼做的目的，在於會客室位於絕佳位置，可以從這裡正面看見通往飛魚亭的階梯，佐野需要在爬上階梯之後，讓會客室的所有人看見他，為自己製造不在場證明。」

說明到這裡，沙發上的流平像是砧板上的鯉魚，以一副難受的樣子開口。

「鵜、鵜飼先生……」

「流平，什麼事？」

「要開槍請快點開吧。」

「啊啊，抱歉。」鵜飼道歉之後以短槍瞄準流平。「第五槍是窗外的佐野先生，朝著睡在會客室沙發的偵探腳邊……『砰』。」

戶村流平隨即按住右腳，在沙發上滾動掙扎。

「嗚哇啊啊啊，我受重傷了，流平，幫、幫我拿健保卡！」

「用不著重現到這種程度！」

志木當然聽不懂他們在說什麼，不過十乘寺家的人們笑得莫名詭異，看來是耐人尋味的一幕。

鵜飼微微臉紅。

「總之，剩下三槍。」

鵜飼至此暫時停止倒數槍聲，補充說明佐野的行動。

「佐野先生在會客室朝我的腳開一槍之後採取的行動，從他妻子友子小姐的行動就能大致想像。友子小姐肯定是聽到槍聲醒來，也可以預料友子小姐醒來就去找佐野先生，如果這時候找不到佐野先生，友子小姐之後可能會對佐野先生起疑，所以佐野先生在會客室開槍之後，必須回到幫傭宿舍一趟。實際上，佐野先生肯定是穿越庭院跑回宿舍，回到自己房間脫掉大衣與頭套，偽裝成在房裡聽到槍聲，安撫友子小姐之後一起跑向主館。不過佐野先生在途中再度造假，謊稱看到可疑的人影，事實上這種可疑人物不存在，但佐野先生運氣很好，後來湊巧有一句證詞有利於他的謊言，這句證詞來自十三先生。」

「對，我確實看到可疑人影橫越庭院，你認為這是謊言？」

「不，簡單來說，十三先生看見的可疑人影，其實是佐野先生。佐野先生在會議室開槍之後趕回幫傭宿舍時，十三先生偶然在臥室窗戶看見他。」

「什麼！原來那是佐野？」

「是的，正是佐野先生本人。不過，十三先生的證詞、佐野先生謊稱有大衣蒙面人的假證詞、流平的目擊敘述，以及後來在山崖前端發現的大衣與頭套等物證，這一切綜合起來，使得這個案件看起來真的有個大衣蒙面怪人。」

然後鵜飼再度倒數。

「前往下一個舞臺吧，各位，請把這裡想像成飛魚亭……不對，是通往飛魚亭的階梯上方，也就是飛魚亭門口。」

果然是這裡，這部分正如志木的想像，但凶手應該不是對空鳴槍，藉由回聲讓槍聲聽起來像是兩聲。如果偵探真的這麼說，他的推理肯定錯誤，槍聲不會有回聲，砂川警部的實驗證明了這一點，手槍只剩下三顆子彈，難道還有其他的方法？

鵜飼繼續說明。

「佐野先生追著虛構的大衣蒙面人來到門口，許多人證實這時候連續發出兩聲槍響，對照後來發現神崎屍體，而且屍體中兩槍——實際上是中一槍，另一槍落空——的狀況，這兩聲連續槍響具備非常重要的意義，換句話說，很多人認為連續發出兩聲槍響的瞬間，正是神崎真正的遇害時間，而且這個印象進一步導出『連續發出兩聲槍響的瞬間，佐野先生位於飛魚亭門口，所以他不可能是凶手』的結論。基於這層意義，這兩聲連續槍響是本案詭計的重點。」

「這部分我不懂。」砂川警部納悶詢問：「所以你推測這兩聲連續槍響的真面目是什麼？」

「哈哈哈！警部先生居然用『真面目』這種字眼，真是不可思議。」鵜飼以諷刺的語氣說：「槍聲的真面目當然是槍聲。」

「你說槍聲是槍聲？慢著，可是……」

「肯定沒錯，佐野在當時開槍了，大概是以自己的魁梧身軀遮掩，把手槍抵在腹部開槍吧，主館人們只看到佐野先生的背影，所以肯定不會察覺佐野先生在腹部架槍，而且地點也是預先計算過。要是在漆黑場所開槍，雖然只有瞬間的爆炸，卻會噴出火花照亮四周，以身體遮住手槍也無法遮掩開槍時照亮周圍的火光，這正是他選擇在門口開槍的原因，那裡是唯一有門燈，入夜依然明亮的地方。」

「唔~那他開了幾槍？朝哪裡開的？」

「正如各位的想像。」

鵜飼說著把短槍放在腹部瞄準斜上方。

「第六槍是在飛魚亭門口，由佐野先生朝著夜空……『砰』。」

接著，鵜飼有點壞心眼停頓片刻。

「第七槍是在相同位置，同樣由佐野先生朝著夜空……『砰』。」

場中瞬間譁然，所有人都感到相同的疑問，抱持相同的詢問。

「我不懂。」年輕的田野上秀樹率直地說：「明明子彈所剩不多，卻在這個時候對空開兩槍？」

「是啊。」升村光二郎難得同意田野上秀樹的說法。「浪費兩槍又能怎樣？」

「哪能怎麼樣……很簡單。」鵜飼交互看著兩人說：「剩下三槍，並且浪費兩槍，這樣各位知道剩下幾槍吧？」

鵜飼高舉短槍高聲宣言。

「剩下一槍，案件將因此結束。」

所有人屏息等待偵探說下去，鵜飼緩緩帶領相關人士進入案件的最終局面。

「終於來到最後的舞臺了，不用說，各位，請把這裡想像成飛魚亭露臺，並且想像神崎在兩張躺椅中間的地上睡得不省人事。啊，對了，流平，麻煩再到那張沙發上躺著，嗯，對，不過各位，為求謹慎再強調一次，他還沒死，只是睡著而已。」

對，還沒死。志木重新進行確認，佐野在門口朝天空開的兩槍，是製造不在場證明的幌子，接下來才是真正殺害神崎隆二的一槍，佐野為了開這一槍，還預先朝地面開一槍，準備周詳的他令人畏懼，可是，為什麼……？

鵜飼完全沒提到志木內心的疑問，逕自說下去。

「飛魚亭發生的事，如今應該不用再強調了，凶手在這時候所做的事，當然就是朝神崎左胸開槍致他於死。」

鵜飼說完，把短槍槍口抵在沙發上的戶村流平左胸，在他要扣下扳機的瞬間……飛魚亭受傷。

「等一下。」二宮朱美提出理所當然的詢問：「這樣少了一槍，沒問題嗎？」

是的，這正是志木與在場所有人抱持的重大疑問，子彈只剩一顆，但是有兩人在飛魚亭受傷。

「嗯，對，她說得沒錯。」十三也支持她的說法。「子彈只剩一顆，佐野要是用來槍殺神崎，就無法對自己手臂開槍，這樣他就不能假扮成受害者了，沒問題嗎？」

「是的，而且……」十一也從另一個角度提問：「假設子彈有兩顆，擊發時會有兩聲槍響，但是實際上，佐野進門消失在飛魚亭境內之後，我們只聽到一聲槍響。」

「沒錯。」田野上秀樹發言：「所以我才說辦不到，佐野先生不可能是凶手。」

「不，辦得到。」鵜飼暫時讓槍口離開戶村流平左胸。「子彈確實剩下一顆，也只響起一聲槍響，這是事實，但是共有兩人中槍受傷，這也是事實。其中一人左胸受到致命傷，另一人左手臂受重傷，既然這樣該怎麼做？方法只有一個。」

唔！不會吧，難道是……！志木瞪大雙眼。

「佐野先生是這麼做的。」

鵜飼把左手臂貼在沙發上的戶村流平左胸，再以右手緊握的短槍瞄準自己左手。

「第八槍是由佐野先生，瞄準自己左手與神崎心臟一直線打穿……『砰』。」

接著，鵜飼斜眼看著愣在原地的眾人靜靜宣布：

「這就是最後一槍，子彈用盡，『槍聲倒數』至此結束，各位瞭解了嗎？」

第十七章　最後的解謎

鵜飼倒數結束之後，進一步補充說明佐野的行動。

「佐野先生在飛魚亭的露臺，把自己的左手臂疊在神崎隆二的左胸開槍，但是佐野先生不能待在原地，他還有事情要做，首先要做的是把手槍扔到遠處，他預先把大衣與鞋子放在海角前端，要是沒子彈的手槍也一起被找到，看起來就像是無處可逃的凶手在海角前端扔掉手槍，脫下大衣與鞋子之後跳海。因此佐野先生忍著左手的痛楚，以右手把手槍扔到海角前端，但要是扔太遠掉到海裡就得不償失，我想他應該只扔到環繞飛魚亭的圍籬附近……警部先生，實際上如何？」

砂川警部點頭回應。

「確實如你所說，我們是在圍籬下方發現手槍。」

志木回憶案發之後，海角前端周邊的狀況，大衣與鞋子的位置，確實和手槍有段距離，大衣與鞋子在海角最前端的山崖，手槍在圍籬內側，他也覺得這樣不太自然。

「不過，找到的手槍沒檢出佐野的指紋，難道佐野以單手殘廢的狀態擦掉手槍指紋？何況他沒這種時間吧？」

砂川警部如此詢問，鵜飼已經預先準備答案。

「記得佐野先生當時穿的是長袖運動衫吧？他被送上救護車時，警部先生肯定也有看到。」

「啊，那時候嗎？嗯，他確實穿長袖衫，我記得是穿得很舊，有點寬鬆的上衣，原來如此……！他是把右手袖口拉長再握槍，只要以長袖包裹右手掌再握槍，就不會留下指紋。」

「我認為應該是這麼回事，他為此刻意不穿合身上衣，而是穿寬鬆的舊上衣。」

看來鵜飼的推理是對的，志木抱持佩服的心情聆聽他的說明。

「處理掉手槍之後，佐野肯定得盡量遠離屍體，要是神崎中槍地點和佐野先生中槍地點太近，可能會令人隱約質疑是其中一人槍擊對方。為了讓他人認為雙方在時間與空間都有一段距離，佐野先生承受左手的痛楚走到小庭園中央，他的左手當然流出不少血滴落地面，也就是說，露臺到庭園中間的地面殘留斑斑血跡，不過這也在佐野先生的計算之中，他在庭園中央靜靜等待後續追過來的人，而且沒有等多久，手持步槍的十一先生、田野上與流平三人就來了。」

三人之中的代表——十一開口發言。

「確實，我們抵達飛魚亭的時候，佐野按住左手跪在庭園的正中央，看到這一幕的我，完全認定佐野是在那裡中槍，原來不是這樣，沒想到他是從露臺屍體旁邊走過來的。」

「這是當然的。接著，佐野先生開始演出最後一場戲，藉以解決血的問題，如同剛才所說，佐野先生從露臺走到庭園的這條路留下斑斑血跡，而且佐野先生是同時槍擊自己左手與神崎左胸，神崎屍體肯定也殘留他的血，屍體與陳屍處周邊會有不少血跡，佐野先生最後一項課題，就是如何掩飾這些血。首先他沿著剛才走過來的路，應該說沿著地面留下的血跡趕回屍體身旁，這樣就能掩飾走過來所留下的血跡，在追過來的三人眼中，佐野先生是在庭園中央中槍再跑向屍體，所以會覺得他經過的路當然會留下斑斑血跡。」

「原來如此。」十一再度點頭。「換句話說，我們以為是單程留下的血跡，其實是佐野來回留下的。」

「就是這麼回事，後來佐野先生搶先跑向屍體，並且以雙手抱起來，看起來就像是忠於職守，不顧自己重傷，急著確認客人安危的稱職隨扈，但這當然不是真正目的。佐野先生這麼做之後，就可以解釋神崎屍體與陳屍處為何會有他的血：『這是我抱起屍體時，留在屍體身上與周圍的血』，『畢竟我自己左手也受重傷，當然會流很多血』，『所以我和神崎命案無關』，佐野必須備好這些藉口。不過實際上，警方即使在屍體身上與命案現場發現佐野先生的血，也沒有視為嚴重的問題，對吧，警部先生？」

「是啊，沒有視為問題，也不可能視為問題，哪有人會想到這種……這種荒唐的可能性？」

這句話代表砂川警部正式宣布在本次案件敗北。

十幾分鐘後，十乘寺家眾人已經離去的會客室裡，兩名刑警依然不改嚴肅表情。案件之謎已經解開，凶手肯定是佐野，砂川警部與志木刑警不得不承認這一點。不曉得是不願意正式宣布敗北還是生性不服輸，留在會客室的砂川警部，一屁股坐在沙發上，不忘對同樣留下來的鵜飼偵探補充這番話。

「我當然早就覺得佐野有嫌疑，不，我認定他是凶手之一……」

只是沒想到佐野是單獨犯案，這是令志木最驚訝的一點，砂川警部恐怕也是。

「喔，不愧是砂川警部，早就覺得佐野先生有嫌疑了。」

既然有餘力稱讚職場死對頭，代表偵探果然奪得勝利，偵探身旁的戶村流平與二宮朱美，也莫名露出誇耀勝利的表情。

志木以手肘頂向身旁砂川警部的腰。

「警部，這次到此為止了，別太執著比較好吧？」

「說得也是，但我不懂一件事。」砂川警部向鵜飼提出一個問題。

「你為什麼能看穿這個詭計？肯定是基於某種契機，我想知道原因。」

「契機啊，沒想到警部先生會問這個問題。警部先生，解謎的契機在於您。」

聽到這番話的砂川警部，驚訝得連忙挺起上半身。

「我、我做了什麼？」

「您做了那場實驗。那是實驗吧？不是單純拿槍亂射吧？」

「啊啊，今天下午的那個？那是實驗沒錯，怎麼了？」

「志木刑警在飛魚亭門口開槍的那場實驗效果很好，因為十乘寺宅邸的人們聽到那個槍聲時，紛紛斷定『飛魚亭有槍聲』、『飛魚亭出命案』。明明槍聲實際上來自門口，卻沒有人質疑這件事。在門口開槍的槍聲，和在飛魚亭露臺開槍的槍聲當然不同，在主館人們耳中，門口響起的槍聲肯定更大更清楚，可是志木刑警今天下午在門口開槍時，主館人們都判斷槍聲來自飛魚亭，為什麼？為什麼他們會把門口的槍聲誤認是飛魚亭的槍聲？答案很簡單，因為昨晚在飛魚亭奪走神崎生命的兩聲槍響，和志木刑警今天下午在門口開槍的聲音很像，所以主館人們下意識把兩件事串聯起來，認定『飛魚亭有槍聲』、『飛魚亭出命案』而驚慌。兩地響起的槍聲聽起來明明不一樣，為什麼大家會覺得很像？想到這裡，我就質疑至今眾人認定來自飛魚亭的連續兩聲槍響，或許不是來自飛魚亭，而是來自門口，那麼昨晚有誰能在門口連續開兩槍？正是佐野先生。再來只要以這兩槍為關鍵，自然就能接連推測每一槍的去向。」

「唔～原來如此。」砂川警部板著臉，以右手撫摸下巴。「我們開的那一槍，喚醒案件關係人對於聲音的記憶嗎……其實我們不是為此做實驗的。」

「不過，這成為很大的助力。」

「這樣啊，但我完全不會因為幫上忙而高興。」砂川警部心懷不悅嘆了一口氣。

「哎，算了，總之破案了，之前提到的『某警局』的『某警官』肯定也會高興，嗯，我們立刻聯絡他吧，志木刑警，你說對吧？」

「是的，砂川警部，就這麼辦吧，嗯，他肯定很開心。」

戶村流平立刻對兩名刑警莫名生硬的互動產生反應。

「『某警局』的『某警官』？」

「他是誰？」二宮朱美開口詢問：「鵜飼先生認識的人？」

「說這什麼話，所有人都認識這個人吧？應該說就在我們面……」

不過，在鵜飼即將揭發真相的瞬間……

「志木刑警！」「有，砂川警部！」

如同踹開沙發猛然起身的兩名刑警，打斷鵜飼的這番話，他們果然只有在這種時候默契絕佳。

「志木刑警，沒時間在這種地方摸魚了，我們立刻前往烏賊川市綜合醫院，要求佐野主動到案接受偵訊！」

「那當然，砂川警部，立刻出發吧，我來開車！」
「嗯，交給你了。不，等一下，我來開車，你別開。」
然後，砂川警部朝著愣住的偵探等人比出勝利手勢。
「就是這麼回事，我們告辭了，各位，今後有機會再相見吧，感謝解謎！」
砂川警部留下像是放話的謝詞就帶著志木刑警離開，跑得快或許是他們的長處。
目送刑警們如同一陣風退場之後，鵜飼聳了聳肩。
「哎呀，他們錯過最重要的謎底了。哎，無妨，反正凶手肯定是佐野先生，之後佐野先生應該會親口告訴他們。」
徒弟們當然沒聽漏這番暗藏玄機的話語。
「這是怎麼回事？」戶村流平坐在砂川警部剛才坐的沙發面對鵜飼。「最重要的謎底是另一個？」
「就是說啊，你別講得太誇張喔，你不是把案件說明清楚了？」
「哎，十乘寺家眾人這邊的說明已經結束，再來就看我們是否能接受，既然你們沒質疑就無妨。」
「講得這麼拐彎抹角是怎樣？偵探只會用這種說法？」

「拐彎抹角真抱歉啊。」鵜飼語氣變得有點粗魯。「那我簡單說吧，你們似乎沒想過金藏為何在馬背海岸遇害，這樣也無妨嗎？沒有任何質疑？」

「質疑嗎……」戶村流平回答。「沒什麼質疑，我覺得知道凶手是誰就好。」

「是啊，難道你認為殺害金藏先生的不是佐野先生？」

「不，殺害金藏先生的肯定是佐野先生，畢竟凶器也一樣，但我一直覺得奇怪，金藏為什麼非死不可？我實在搞不懂原因，反過來說，佐野先生為什麼要殺金藏？動機何在？」

「我認為金藏先生是佐野先生撿到槍之後的試射對象，不是嗎？」

「看起來確實是這樣。」鵜飼平淡地說：「不過仔細想想，這樣解釋太隨便了，如果只是要確認手槍殺傷力，沒必要刻意拿真人當靶子，找個水泥牆試射就好，這樣就足以確認手槍性能，對吧？但凶手真的拿別人試射，那麼凶手是只想對人開槍的嗜血殺人魔嗎？也不是，佐野先生與其說是殺人魔更像復仇魔，他下定決心以偶然拾獲的手槍，賭上自己的人生進行報復，為此擬定細密的計畫，他殺人不可能是臨時起意的無意義犯行。」

「所以是怎樣？」二宮朱美出言催促。「別賣關子，快說。」

「那我說了，金藏確實被佐野先生當成試射對象。」

「什麼嘛，果然是試射？」

「對，但是這次試射，並非單純確認手槍真假，佐野想確認自己構思的手法是否可行。換句話說，他想確認這把撿到手槍的威力，是否足以一槍貫穿自己的左手與對方的左胸。他會這麼想也理所當然，要是真正執行這個手法，才發現子彈只破壞自己的手，卻沒貫穿下手對象的心臟，到時想哭也哭不出來，然而這種事非得實際試過才知道，因此遊民金藏成為實驗用的白老鼠。此外，這場實驗需要用到自己的左手，但他不可能真的以左手做實驗，所以他以動物的腿代替自己的手。」

「啊！我、我懂了！」戶村流平放聲大喊：「肉，那塊肉吧！」

「肉？啊啊，在那個海岸撿到的那玩意吧，咦，難道那是……」

兩個「徒弟」露出驚恐表情，等待「師父」的下一段話。

「就是如此。」鵜飼進行最後的解謎。「埋在海岸的帶骨肉，是佐野左手的代替品，他把那塊球棒粗的肉當成自己的左手，槍擊金藏的左胸，佐野先生是個準備如此周到的人，不過做到這種地步不太正常，報復心態真的很強……」

即使是偵探，終究也猜不出個中隱情。

整場案件的真相，最後在偵訊室明朗化，佐野一開始否認犯行，但砂川警部親口說出詭計全貌之後，他立刻放棄狡辯認罪，鵜飼偵探揭發的詭計完全正確。

不過，偵探這番推理之中，唯一以近乎保留的形式沒提及的部分，必須在此做個補充說明。佐野在行凶之前，必須先讓神崎隆二暫時睡在飛魚亭，問題在於佐野使用何種方法，偵探預設是下藥昏迷，實際上並非如此。

「我是這麼做的。」佐野說著以右手纏繞自己的脖子示意。「很簡單，就像這樣朝對方的頸動脈一夾，如果對象是普通人，可以造成好幾秒的昏迷，只要練過業餘摔角都會這招。」

「鎖頸固定技！」這個手法出乎意料，但是看凶手資歷就合情合理，砂川警部對此難掩驚訝。「這麼說來，受害者頸部有壓迫痕跡，原來如此，有這種做法啊……」

接著，砂川警部不得不問另一個問題。

「你為什麼要選偵探來的那天晚上行凶？你肯定能挑另一天晚上，為何要挑那天？是基於什麼理由嗎？」

佐野回應的理由如下。

「我當然察覺到有個像是偵探的人在會客室，也想過要延期，不過那天晚上有個最適合行凶的條件，要是錯過當晚，不曉得下一個機會要等到何時。想到這裡，我認為還是必須無視於偵探，斷然執行計畫。」

「你所謂最適合行凶的條件是什麼？」

「重點在於風。」

「風？」

「是的，當晚的風比平常大，之前那幾天都沒有風，不適合行凶。」

「原來是這麼一回事。」砂川警部光是聽到這裡就認同了。「假設是在無風夜晚進行這個計畫，十一、田野上或戶村，將在門口聞到不應該出現的火藥味，在飛魚亭反而聞不到應該出現的火藥味，他們可能會因而起疑，如果是風大的夜晚就能解決這個問題，對吧？」

佐野默默點頭。

此時，負責記錄的志木刑警忽然縮起脖子。案發當晚，他在強風之中前往山崖前端拿大衣與鞋子，當時的恐怖記憶如今在腦中復甦，那天晚上的山崖前端確實颳著強風，他比任何人都清楚這件事。

話說回來，關於犯案動機，戶村流平的推理幾乎命中紅心。

佐野在大學時代，是喻為「近畿業餘摔角界無人不知」的明日之星，十乘寺食品看好他的未來而聘用，任職於烏賊川工廠總務課。每天在摔角社勤於練習的他，無疑是奧運的有力種子，將來不是進入職業摔角界就是成為教練，至少他在十年前，在二十三歲的秋天之前，都是貨真價實的摔角英才。

十年前的秋天，神崎隆二斷絕他的英才之路，既然這樣，當然會令人有所疑問。

「神崎隆二十年前才十五歲，這樣一個小孩子，有能耐折斷你這壯漢的左手？」

佐野冷靜回答砂川警部。

「他不是折斷，是刺傷我的手。」

當天深夜，佐野外出進行路跑訓練，經過自己任職的工廠前面時，發現三個不良少年入侵工廠中庭飲酒作樂。他原本想通知警衛，但他對自己的身體抱持過度自信，認為喝醉的三個少年不足為懼，因此他單獨進入廠區要驅離三人。佐野只是要驅離他們，並不是想把他們扭送警局，但是對方不這麼認為，害怕到表情扭曲的三人一起攻擊佐野，佐野即使覺得使用暴力不夠成熟，還是不得已以左手抓住面前少年的右手往上扭，這名少年呻吟跪到地上，另外兩人見狀立刻夾著尾巴逃走，應該是判斷一人被抓的這時候正是逃跑時機吧。佐野以左手抓著少年，凝視逐漸遠離的兩人咂嘴，心想他們真是卑鄙，並且看向被抓少年的瞬間……他感到左手傳來一陣劇痛。

「在我分心的這時候，這名少年趁機拿出暗藏的刀子狠狠一刺，目睹這一瞬間的我，經過十年都忘不了這幅光景，一把刀子插在我的左手，刀尖深及骨頭，與其說疼痛更像麻痺，而且至今依然是麻的。十年來，我一直憎恨這條麻痺的手臂與傷痕，這就是我的動機。」

遇刺之後，佐野呻吟蹲下來拔出刀子，噴血使他意識模糊，少年趁機逃走，佐野再厲害也終究沒力氣去追，在不知少年身分與去向的狀況之下度過十年。

佐野不得不放棄摔角之路，這麼一來，他待在十乘寺食品也沒有意義。他辭職流落街頭時，十乘寺家雇用他擔任管家兼隨扈。他隱藏左手臂麻痺的事實，假裝自己摔角功力依然高超，這麼做一半是基於面子，一半是害怕事機敗露將失去隨扈工作。

然而諷刺的是，這名少年在今年成為十乘寺櫻的夫婿候選人，再度出現在佐野面前，這個人就是神崎隆二。神崎隆二完全忘記自己的惡行，再三造訪十乘寺宅邸，對十三、十一與櫻宣揚自己多麼優秀，這種舉止使他的復仇之火更加旺盛。

「原來如此，我可以體會你憎恨他的心情。」砂川警部表達認同之意，另一方面也率直提出詢問：「但你為什麼能斷言十年前刺殺你的少年是神崎隆二？現在的神崎隆二看到你也毫無反應吧？」

「那張臉我想忘也忘不了。」

「但是相隔十年，十五歲與二十五歲相比，連長相都會改變，你沒想過可能是誤認嗎？」

「即使長相改變，傷痕也不會改變。當年我制住少年右手時，清楚看到他右手背有個特別的燒燙傷痕跡，這個二十五歲的男性右手有相同的傷痕，肯定沒錯。」

「啊啊，對喔，我也看過那片傷痕，記得是很像地圖的特別傷痕。對了，說到傷痕，你十年前的刀傷，方便也讓我看……」

砂川警部說到這裡忽然沉默，面有難色片刻之後，像是終於理解般頻頻點頭。

「這樣啊，原來如此，是這麼一回事啊……」砂川警部看向佐野綁繃帶的左手。「我們警方想請你展示你殺害神崎隆二的動機，也就是十年前遇刺的傷痕，但你應該沒辦法展示給我們看了，界線就在……那天晚上。」

「是的，再也沒辦法展示給您看了。」佐野露出有些自嘲的笑容緩緩搖頭。「因為不存在了。」

「果然如此。」砂川警部呻吟說：「那天晚上，你把槍口抵在左手十年前的傷痕開槍，連同十年前的傷痕槍殺神崎隆二……原來如此，是這麼一回事啊，這也在你的計畫之內？」

「是的。」佐野堅定點頭。「這也是動機之一。」

他真正想以拾獲手槍射穿的東西，或許是十年前的記憶與十年來的痛苦，負責記錄的志木刑警抱持這個感想。

第十八章　他們與她們的終章

謎底終於揭曉，該說的已經說完，和案件相關的故事也全部落幕。盡情威風逑說推理的偵探肯定心滿意足，無論如何終究成功逮捕凶手的刑警們應該也沒有不滿。

首先，為期數天的偵訊總算結束之後，砂川警部與志木刑警向凶手佐野說了「對不起」。他們非得道歉的原因，當然是手槍外流的疏失，到頭來，如果他們順利逮捕中山章二，佐野就沒機會取得手槍；如果佐野沒有手槍，就不會發生這次的命案；如果沒發生命案，佐野也不會成為凶手被逮捕。他們認定自己也要負起一些責任，但是這種觀念拐彎抹角倒像是「木桶店為了起風而道歉」，何況刑警向殺人凶手低頭道歉簡直是前所未見，難怪當事人佐野會不明就裡愣住。

話說回來，戶村流平至今依然詫異得不得了，為什麼那位大小姐單方面心儀他到這種程度？

我對她說過什麼嗎？這麼說來，那天晚上好像說了什麼……啊啊，想不起來，哎，算了，反正我不可能和那種千金小姐交往。不提這件事，鵜飼先生難得給我一些零用錢，就去喝一攤吧。

後來，他酒醉就忘光一切，重蹈覆轍不學乖的這傢伙無藥可救，哪位有藥的話請通知他一聲。

至於十乘寺櫻，則是斷然拒絕另外兩名夫婿候選人，這場婚事以失敗收場。她似乎要暫時維持單身，看來應該是有意中人了，如此推測的十乘寺十三率直詢問本人，櫻居然害羞說著「討厭啦，爺爺！」拿起法國麵包打下去。幸好她手邊的東西是麵包，如果是花瓶或文鎮，十三驚濤駭浪的人生或許會就此落幕。順帶一提，打斷的麵包成為魷魚乾王的午餐，在十乘寺櫻身邊未曾遇難的男性，或許只有這隻狗吧。

另一方面，偵探從十乘寺十三那裡得到豐厚報酬，不只是三件徵信委託的報酬，還成功爭取到解決命案的特別獎金，詳細金額不為人知，但至少足以繳交之前和二宮朱美說好的「這個月的房租＋至今所欠房租換算的累積利息」，朱美立刻造訪鵜飼杜夫偵探事務所（在他沒把錢用在奇怪的地方之前）收房租。

「你有心還是做得到嘛。」收下現金的朱美，像是在激勵不成材哥哥這麼說，接著恢復為房東表情提出惡魔般的要求：「下個月再接再厲，給我繳兩個月的房租。」

「等一下！」鵜飼早早示弱。「沒人保證下個月又有哪個有錢人家發生命案吧？繳一個月的房租就很辛苦了，怎麼可能繳兩個月？」

「放心。」朱美以安撫的語氣說：「要是繳不出來……」

「嗯？要是繳不出來？」

「停車場那輛雷諾，是鵜飼先生的車吧？」

「原、原來妳知道了！」

以為本小姐不知道？太天真了。

「到時就賣掉那輛車吧，總之這樣就繳得出來了。」

「嗚哇～！」

嗚什麼哇？真是的。頗為無奈的朱美，雙手抱胸仰望天空，可惜她只看得到偵探事務所的骯髒天花板。但朱美不以為意仰頭思考，這個人是擁有卓越推理能力的偵探，也是極度欠缺生活概念的傢伙，如同一個大大的○加上許多╳的集合體，要如何駕馭這個人是一件難事。

搞不懂他是大人物還是大笨蛋、天才還是天災、迷人還是討人厭。

總之，這座都市最冷門的名偵探，和朱美住在同一棟大廈，而且就在樓下，朱美非得確認這個事實，這是她非常在意，同時非常不以為然的一件事。

逆思流

朝密室射擊！

（原名：密室に向かって撃て！）

作者／東川篤哉　譯者／張鈞堯
榮譽發行人／黃鎮隆　總經理／陳君平
協理／洪琇菁　國際版權／黃令歡
執行編輯／呂尚燁　美術主編／李政儀
企劃宣傳／楊玉如、洪國瑋
出版／城邦文化事業股份有限公司　尖端出版
台北市中山區民生東路二段一四一號十樓
電話：(〇二)二五〇〇七六〇〇　傳真：(〇二)二五〇〇二六八三
E-mail：7novels@mail2.spp.com.tw
發行／英屬蓋曼群島商家庭傳媒股份有限公司城邦分公司
尖端出版　行銷業務部
台北市中山區民生東路二段一四一號十樓
電話：（〇二）二五〇〇—七六〇〇（代表號）
傳真：（〇二）二五〇〇—一九七九
讀者服務信箱：sandy@spp.com.tw
中彰投以北經銷（含宜花東）／楨彥有限公司
電話：（〇二）八九一九—三三六九
傳真：（〇二）八九一四—五五二四
雲嘉經銷／威信圖書有限公司　嘉義公司
電話：（〇五）二三三—三八五二
傳真：（〇五）二三三—三八六三
客服專線：〇八〇〇—〇二八—〇二八
南部經銷／威信圖書有限公司　高雄公司
電話：（〇七）三七三—〇〇七九
傳真：（〇七）三七三—〇〇八七
香港總經銷／城邦（香港）出版集團有限公司
香港灣仔駱克道193號東超商業中心1樓
電話：（八五二）二五〇八—六二三一
傳真：（八五二）二五七八—九三三七
E-mail：hkcite@biznetvigator.com
馬新經銷／城邦（馬新）出版集團　Cite(M)Sdn.Bhd.
E-mail：Cite@cite.com.my
法律顧問／王子文律師　元禾法律事務所
台北市羅斯福路三段三十七號十五樓
二〇一三年一月一版一刷
二〇二二年一月二版一刷

■中文版■

郵購注意事項：
1. 填妥劃撥單資料：帳號：50003021戶名：英屬蓋曼群島商家庭傳媒(股)公司城邦分公司。2. 通信欄內註明訂購書名與冊數。3. 劃撥金額低於500元，請加附掛號郵資50元。如劃撥日起 10～14日，仍未收到書時，請洽劃撥組。劃撥專線TEL：(03) 312-4212 ・ FAX：(03) 322-4621。E-mail：marketing@spp.com.tw

國家圖書館出版品預行編目資料

朝密室射擊 / 東川篤哉 作 ; 張鈞堯 譯. / .
--二版. --臺北市：尖端出版, 2022.01 面 ; 公分.
--(逆思流)
譯自: 密室に向かって撃て

ISBN 978-626-316-374-4(平裝)

861.57 110020182